科學的藝術論叢書

13

文藝政策

藏原·外村輯

魯迅　譯

水沫書店

序言

作爲本書的主要部分者，是一九二四年五月九日在俄國共產黨中央委員會內所開的關於對文藝的黨的政策的討論會的速記錄的翻譯。關於文藝政策，在黨的內部也有種種意見的不同，於是共產黨中央委員會便以當時的中央委員會出版部長 Ia. 雅各武萊夫爲議長，開了討論會，使在這里，自由地討論這問題。

只要一讀這速記錄，便誰都明白，在這討論會裏，各同志之間有着頗深的意見的對立，而這又並不見有什麽根本底的解決，剩下來了。我們於此，發見無產階級文學本身以及對於這事的黨的政策，凡有三種不同的立場——

一，由瓦浪斯基及託羅茲基所代表的立場；

二，瓦進及其他「那・巴斯圖」一派的立場；

三，布哈林，盧那卡爾斯基等的立場。

就是，站在第一的立場的人們，是否定獨立的無產階級文學，乃至無產階級文化的成立的。其理由，是以為無產階級獨裁的時期，是從資本主義進向共產主義的過渡底時代，而這又正是激烈的階級鬬爭的時代，所以無產階級在這短促的時期之內，不能創造出獨立的文化來。站在第二，第三的立場上的人們，則正相反，主張無產階級的獨裁期，是涉及頗長的時期的，所以在這期間中，能有站在這階級鬬爭的地盤上的無產階級的文學——文化的成立。

但雖然同認了無產階級文學的成立的必然與其必要，而在第二的立場和第三的立場上的人們之間，在對付的政策上，意見却又不同。瓦進及其他「那巴斯圖』派的人們的意見，以爲在文藝領域內，是必須有黨的直接的指導和干涉的；和這相對，布哈林，盧那卡爾斯基等則主張由黨這一方面的人工的干涉，首先就于無產階級文學有害。

這種爭論，此後也反覆了許多時，終于在一九二五年七月一日所發表的俄國共產黨中央委員會的決議『關於文藝領域上的黨的政策』裏，黨的政策就決定了。

我們將這和速記錄一同閱讀，便可以明白俄國共產黨的文藝政策，是正在向着怎樣的方向進行。而且對於我國的無產階級文藝運動的陣營內，正在興起的以政治和文藝這一個問題爲中心的論爭的解決，也相信可以給與或一種的啓發。

本書的翻譯之中，從『關於對文藝的黨的政策』的開頭起，至布哈林止，和盧那卡爾斯基的演說，以及添在卷末的兩個決議，是我的翻譯，此外是都出於外村史郎的譯筆的，還將這事附白於此。

一九二七年十月

藏原惟人

內容

關於對文藝的黨的政策

關於文藝政策的評議會的議事速記錄

（一九二四年五月九日）

瓦浪斯基(A. Voronsky)的報告演說

我先得聲明兩件事。第一，本討論會，據我所理解，是要明白以施行若干的實踐底解決爲主的，所以關於我們的理論底異點，我幾乎不提起，而但以涉及必要之處爲限。第二，我想將我的報告，僅限於論爭的範圍內——自然，我也以爲這範圍，是極其條件底，人爲底的。然而，文學生活是現在已經弄到不得不限定於這範圍以內了。那麽，就開始報告罷。

我以爲必須本評議會來討論的，重要的問題——乃是關於共產黨裏，對於現代文學的諸問題，可曾立定什麽指導方針的問題。有些同志們說，這樣的方針，我們之間並沒有，我們這里，只存在些混亂，游移，任意，因此各位同志便施行冒險了。據我的意思，這意見是完全不對的。黨的指導方針，是以前也曾有過，現今也還存在。而這指導方針，由我看來，是常常歸結於下列的事的——就是，黨是在文藝領域內，和國內及國外僑民，行了最決定底的鬬爭的；黨是對於站在「十月」的地盤上的一切革命底團體，給了助力的，這就是並不以或一個團體的方向，爲自己的方向，只要看見什麼團體，站在十月革命的見地上做着工作，便積極底地加了援助；黨是並不干涉藝術的自己解決，而給了完全的自由的。我想，我們實踐底地做着工作的人們，在關於文藝的問題之中，所指導着的，實在便是歸結在以上的基本底各個命題上面。

黨爲什麼取了這樣的立場的呢？首先應該懂得的，是我們的國度——乃是百姓的國，農民的國，這事情在我們的全社會生活上，狹則在我們的文學上，都留着很大的痕迹，此後也將留得很久的。再取別的要素（moment）——例如，取勞動者來看罷。他們也在農民的層裏，有着頗是堅固的根，他們或者因爲周圍的狀況，或者因爲那出身，和農民聯結着，所以一到我國文學的復活一開端，新的年青的作家們一出現——在我國，農民底，百姓底傾向便被明明白白地描寫出來，也是當然的事，我們並不是單就「同路人」而言。關於無產階級作家，我也這樣說，因爲從傾向上，無產階級作家也可以在這里這樣說得的。

倘使我們認眞一點，來細看我們的無產階級作家的詩歌，尤其是散文，則我們便能夠完全分明地看出這傾向來罷。更進，來看一看我們的無產階級和共產黨的情形罷。無產階級是並未預先獲得科學和藝術，而握了政權了，實在，並沒有能夠獲得這類的東西。這個情況，和有產階級的時候很不同。在這集會上，我沒有將這意思發揮開去的必要——這早是確定了的命題了。不但如此，我們的無產階級經過了市民戰爭，非常疲勞。我們共產黨在過去，在現今，對於藝術的諸問題都不能有多大的關心，不過將最少限度的注意，分給了藝術。黨的智能，黨的才能，黨的精力，統爲政治所奪了，現今也還在被奪。

爲了這情況，以及我在這里不能涉及的許多的情況，在我國，便生出並非共產主義作家或勞動者作家的強有力的潮流，而存在着若干個個的文學底集團的狀態來。

這些文學底集團，對於現代的藝術，是供獻了獨自的，有時是極有意義的東西，而且還在供獻着。但是，他們各走任意的路，自定自己的路，以全體而言，還不能占據全文學底潮流。然而他們之間，也常有集團底精神統治着。

從這情況出發——我國是農民國；年青的蘇維埃的作家，在我國，因此便帶着農民底傾向出現；我們的無產階級及黨，大概忙於直接的政治鬬爭；我國的無產階級作家之間，有集團底精神統治——從這情況出發，黨是向來不站在一個傾向的見地上，而謹愼地糾正他們的方向，協助一切的革命底文學底團體的。

如果我們再接近藝術，藝術的性質這問題去，那麼，從這一方面，也可以明白黨爲什麼不站在或一潮流的見地上，並且也不能站的緣故了罷。

藝術者，因其性質，和科學一樣，是不能受在我們的生活的或一種別的領域上那樣的簡單的調整的。藝術者，和在科學上一樣，自有他自己的方法，這就是他自有其發達的法則，歷史。在新的，「十月」後的文學，一切東西，還屬於未來，一切東西還單是材料，僅是開端，是假作，許多東西都沒有分明表示。這情況，也令我們取了謹愼的態度。

我們倘一看我們文學底諸集團，就明明白白，無論現存的集團的那一個，都不能滿足共產主義底見解——有着農民底傾向和極其混亂的理論的「同路人」，「十月」，「鍛冶廠」，以及目下正在發生的共產青年團的文學底團體——這些一切，都不是使黨能說惟獨從這里，是我們可以開步的文學底潮流的團體。所以黨就不站住在或一文學底集團的見地上，而取了和一切革命底團體協力的立場了。

我應該以施行着實際的工作的一員，將最近幾年來在文藝領域內所做到的事，告訴本集會。在文藝的分野上我們的工作，已經有了大的結果的事，在我，是毫不懷疑的。現在，文學已成了不能從生活除去的重要的社會底要素。文學的比重是大了，還逐日成長着。例如，從極有責任的我們這一路共產主義者所成的本會，便可以舉出來做證據。這可見現在在文學的領域內所成就的事，已惹了我們同志的廣大的人們的注意了。從分量上說，從質地上說，我們的文學，都逐日成長着。而且在不遠的將來——這是從一切事物所感到的——我們便要目覩久已沒有了的那樣文學的繁榮罷。這一事，是可以用了完全靜穩的確信，說出來的。在我國，就要有我們自己的古典底，我們自己的革命底的，偉大的，健康的文學罷。在這領域內，我們是有了最大的結果了。當赴會之前，我曾將有時壞，有時好，都是頗爲堅固地，和我們一同開手作工的藝術家們，大略數了一數。

我將這分爲種種的集團。例如，老人一組，則戈理基(M. Gorky)，亞歷舍•託爾斯泰(A. Tolstoy)，勃里希文(M. Prishvin)，威壘賽耶夫(V. Veresaev)，沙吉涅央(Shaginyan)，瓦理諾夫(Volynov)，波陀亞綏夫(Podojachev)，孚爾希(Olga Volsy)，德萊涅夫(K. Trenev)，尼剛德羅夫(Nikantrov)等。

革命所生的年青的作家(年青的「同路人」)——巴培黎(Babel)，伊凡諾夫

(Vsevolod Ivanov)，畢力涅克(Pilyniak)，綏孚理那(Seifullina)，來阿諾夫(Leonov)，瑪里錫庚(Malishkin)，尼啓丁(Nikitin)，裴甸(Fedin)，梭希兼珂(Zoshchenko)，斯洛寧斯基(Sloninsky)，蒲當哲夫(Budantsev)，葉遂寧(Esenin)，契柯諾夫(Tikhonov)，克魯契珂夫(Kruchikov)，敖列洵(Oreshin)，英培爾(Vera Inber)，左祝理亞(Zozulia)，凱泰雅夫(Kataev)等。

未來派的人們——瑪亞珂夫斯基(Majakovsky)，亞綏耶夫(Asseev)，派司台爾那克(Pasternak)，鐵捷克(Tretiakov)。

無產階級作家及共產主義作家——勃留梭夫(Briusov)，綏拉斐摩微支(Serafimovitch)，亞羅綏夫(Arosev)，凱薩忒庚(Kasatkin)，綏蒙諾夫(Sergej Semionov)，斯威爾斯基(Svirsky)，凱進(Kadin)，亞歷山特羅夫斯基(Alexandrovsky)，略悉珂(Lyashko)，阿勃拉陀微支(Obradovitch)渥爾珂夫

(Volkov)，雅克波夫斯基(Iakubovsky)，該拉希摩夫(Gerasimov)，吉理羅夫(Kirillov)，格拉忒珂夫(Gradkov)，尼梭服易(B. Nizovoy)，諾維珂夫·普理波易，(Novikov-Priboy)，麥凱羅夫(Makarov)，陀爾什寧(Dorshnin)等，等。

我不過舉出了和「赤色新地」有關係的團體（除掉未來派的人們），至於別的團體，例如和「十月」有關係的團體，却並未涉及。在他們，是自有他們自己的到達，自有他們自己的文學者的名稱的。這事實——在我們的周圍，和我們一同工作，而且還要更加工作的文學者的這樣的數目，已經組織起來了的這事實，便是證明着我們在這領域內所做的大的積極底的工作的。我並非要在這里誇張，以爲已經到達了決定底的結果。那不消說，在這領域內，現在要到達那樣的結果，是不可能的。

其次，關於觀念形態，在這領域內，也得了頗可注意的結果了。我沒有歷敍關於各個作家的進化的可能，然而詞章的藝術家們的全體底進化，却分明在我們四近。這一節，對於「老人們」，對於先前難於合作，但現在却容易得多多了的「同路人」，都可以說得的。

有人說，招集這些雜多的文學者這件事，是使瓦浪斯基以及和他同行的人們，成了有產階級的俘虜了。但是，在現今，還以爲戈理基，託爾斯泰以及別的「老人」能將我們做了俘虜者，是只有全在熱病狀態的人們。況且，所謂有產階級性者，是什麼呢？關於這事，可惜在本會上不能詳細敍述。人們以爲「亞藹黎多」是有產階級底作品，但最近我和同志什諾維夫 (G. Zinoviev) 談起的時候，他却說是很有益處，又有價值的作品。戈理基的「自傳的故事」，也有人說是「有產階級底」的。然而倘使我們一方面認眞地提出關於有產階級性的問題來，則就會有什麼是有產階級性這一個很大的問題出現的罷。我以爲這有產階級性這東西，是常常大爲左翼底的口號和詞句所蒙蔽的，我想，現在「戈倫」上所載的東西，這纔是眞實的馬克斯主義的歪曲，是那藝術底修正哩。

人們用了同志亞爾跋多夫的話，說是「藝術從種種的觀念形態底上層建築造出，是不對的，這應該和生活直接聯結起來」的時候，我不知道這可是有產階級性。但我知道，在這里，是用了勖拉契珂夫主義之名，行着和我們的蒲力汗諾夫的鬥爭。在我國，當立定課題，要教育農民和工人，使他們閱讀，並且理解普式庚（Pushkin），託爾斯泰（L. Tolstoy），戈理基的時候，却有在勞動階級之前，宣傳着棄擲古典底東西於現代的那邊的。這是有產階級性不是？當正在對於作爲生活的感情底認識的特殊方法的藝術，行着鬥爭，對於那生活認識，則正要建立一個生活創造的理論——徹頭徹尾是主觀底，因而也是觀念論底的理論的時候，這是有產階級性不是呢？

所以這問題是很有論爭的餘地；而在瓦浪斯基成爲俘虜了，瓦進却和同志楮沙克(Chujak)以及別的許多「楮沙克」（外國人之意）們在幸福的和合裏這一種可怕的辭句之下，隱藏着眞的有產階級性，倒是十分能有的事。還有，人說，瓦浪斯基不懷階級底見地。自然，像「那巴斯圖」所展開那樣的「階級底」見地，在我們這里是並不恰有的，但假使問題的建立並非這模樣，那麽，這時候，我們另外再來查考罷。

在我國，和「同路人」的問題，是怎麽一個情形呢？我們和他們協同之際，向「同路人」提出了怎樣的要求了呢？他們，尤其是在初期——二一年，二二年時，並不懂得在革命上的無產階級的組織底，規律底，指導底職掌，也不能使這十分加強，將革命大抵描寫成農民的自然成長性的勝利模樣，那我們是知道的。不但這樣，他們一面在那國民底斷面上，將俄國革命看得很熟悉，却往往將那國際底性質放過了。我們便一面將這些和另外的缺點指摘，訂正，拿了一定的要求，接近這樣的「同路人」去，——就是，看他們曾爲勞動者和農民的聯合這一件事的利益而出力沒有？如果我們看見有一個藝術家的工作，在結局上，有着援助都市和農村的聯結的意義，那工作，是歸向無產階級和農民的提攜的利益的，則我們對於這樣的藝術家，應該容許他許多事。這樣的辦法，我想，從無產階級的見地看來，是有益的，而且於無產階級文學的創造，是賦與力量的。重要的事，是在無產階級文學的創造——這是一個過程，這樣的文學，是不能即刻創造的。這文學的成長和發展的道路，是複雜的，有時還覺至於紛亂。

其次，是關於無產階級作家。我切實相信，在我國，是從勞動者和農民的最下層，從勞動者以及別的種種的組織中，從大衆，從赤軍，都要有新的作家出現。從什麼僻地裏，從鄉村裏，有作家出現，——惟有這些作家，是由那血和生活，和勞動者及農民——自然，在現在，和農民爲較多——聯結着的。這些作家，一定要占主要的位置；我們應該依據他們，援助他們，——在這些事，我們和無產階級作家之間，是不會有什麼意見的不同的。並且也相信所謂無產階級文學，由那兩三個代表者（凱進，亞歷山特羅夫斯基，其他），贏得了顯著的結果。

雖然如此，而我們和現在的無產階級作家之間，假如還有意見的不同，那就不得不聲明究竟是什麼緣故了。要建立抽象底的一般底的定義，那是極其容易的。這樣的定義，在我們這里，多得很。在我國，被稱爲無產階級作家者，首先是有着共產主義底觀念形態的作家，倘用了現在喜歡使用的畢力涅克的表現法來說，那便是「以無產階級的眼睛」看世界的作家。但在實際上，我國的無產階級作家，乃是有着極受限制的見解和習慣，被歷史底地形成了的具體底的類型。這就是——屬於一個什麼聯盟呀，一個什麼集團的作家。而在這樣的集團裏，都有各各的「信仰的象徵」，各各的文學底教義。這「信仰的象徵」，通常是約束在這一種確信上的，就是以爲現在俄國的無產階級作家的根本的任務，是在有產階級美學，藝術和文化的破壞，以及新的社會主義藝術和文化的創造。但在現實上，站在無產階級之前的問題，却是舊藝術和文化的批判的攝取，於是在這里便發生了一種很大的不調和。在實際上，這樣的並列，是一直引到抽象裏去的。得不到革命的活人，而得了象徵；並非次第底的進展，而出現了在腦子裏做出來的東西。於是往往在無產階級藝術的姿態之下，拿來了舊時代的有產階級藝術的產物。在我們正在文學的領域內做事的共產主義者的實際家，在這領域內，是常有不能專靠讓步的方針的時候的。所以，憑着我們的諸位同志所說，以爲拋棄Proletcult（無產者教育）」主義愈早，他們卽愈可以從速成爲眞實的無產階級作家這一個簡單的理由，我們便讓步，那是不行的。

還有，在別一方面，有喚起諸位同志的注意的必要。我國的文學上的意見的差異，在根本上，不過是將對於專門家的舊的黨的論爭，搬到文學上來了能了。諸位倘將那雜誌「那巴斯圖」仔細一看，一切便會明白的罷。同志烈烈威支在「那巴斯圖」的初號之一上，不是一面討論着關於「同路人」和無產階級作家的問題，一面說，這問題不在質而在量；換了話說，便是問題並不在將「同路人」登載雜誌與否，乃在將他們登載多少的麼？這全然是分明的問題的建立法——是反對那些在我國的生活的其他的領域內，雖然已被克服，而在文學上，却還有相當的力量的專門家的問題的建立法呀。

諸位同志們，本評議會的所以召集，是因爲要解決根本底的問題，就是，第一，×××的戰術，卽並不站在或一個特定的團體的見地上，而用一切方法，來援助×××團體或藝術家這一種用到此刻了的戰術，究竟對不對。這是對的呢？還是非取「那巴斯圖」的方針不可呢？據「那巴斯圖」的人們的提案，是應該取雜誌「那巴斯圖」及其對於藝術家的態度，作爲出發點的。他們又要求將文學上的「政權」付給「墨普」（墨斯科無產階級作家同盟），卽非常幼小的，在藝術上，幾乎並無表見的一個特定的團體。我可以完全冷靜地說，而且也知道——同志瓦進，是不能湣算現在俄國共產黨中央委員會所站的立場的。爲什麽呢，因爲惟這立場，是由生活本身所規定，而站在「那巴斯圖」的立場上，則便是破壞一切工作的意思了。在這裏還有應該記得的事，就是從亞歷舍•託爾斯泰和「同路人」起，以至無產階級作家的，眞實的藝術家的最大多數，都在雜誌「赤色新地」上做事，却沒有和「那巴斯圖」連合起來。這就因爲雜誌「那巴斯圖」，連一個優良的「同路人」也引不進去的緣故，像那雜誌所取那樣的方針，是什麼事也做不出來的。

再前進罷，這裏有無產階級青年在。我試問這些青年們罷：爲什麼四十人合成的這青年的團體，現在在「赤色新地」的周圍組織起來的？爲什麼他們離開了「那巴斯圖」的人們的？也許有人會說，瓦浪斯基誘惑了他們了，使他們墮落了。現在姑且作爲這樣罷。但且看發生什麼事，——就是，據「那巴斯圖」派的人們的意見，則「鍛冶廠」派的人們墮落了，一切「同路人」也墮落了，青年的大部分也墮落了，我國的所有作家都墮落了。如果幾乎一切都已墮落，則剩下來的究竟是誰呢？是同志烈烈威支和羅陀夫，剩在文學裏。但是，只這樣，豈不是未免太少麼？可惜我的時間已經過頭了，我現在不能涉及此外的許多根本底問題了。

最後，還有應該在這評議會上聲明的事——這就是我在這裏當諸位之前所講的話，並非作爲一個瓦浪斯基，而是作爲在「赤色新地」「克魯格」「鍛冶廠」和青年團體「沛來威爾」上做事的那文學的代表者，換一句話，則是滙了幾乎一切活動着的青年的蘇維埃文學之名，而說着話的。這文學，和我們同在。「那巴斯圖」派的人們，是做不到的。如果本文學評議會對於這一節不加考慮，那就恐怕要犯大大的錯誤的罷。

瓦進（Il. Vardin）的報告演說

本評議會，是在決定文藝領域上的黨的方針的。同志瓦浪斯基努力要給人一個印象，彷彿對於文學一定的黨的方針，已經存在着了的一般。然而假如黨內已有着這樣的方針，則主張相反的我們「那巴斯圖者」便成了和黨的方針反對。提出這樣的問題來，於同志瓦浪斯基也許是有利的。然而這並不和實情適合。事實是這樣的。在一九二一年，同志瓦浪斯基得到指令，是教他將或一種作家團體留在蘇俄的方法……那時候，是不得不顧慮「畢力涅克」之類，逃到白軍裏去的。然而自此以來，已經經過了三年的年月了。在這期間，出了什麼事了呢，在社會底政治底情勢之中，有了怎樣的變化了呢？一九二一年和一九二四年的不同，究竟是什麼呢？

同志瓦浪斯基用盡一切方法，試來分析現實，要從這現實出發。他通論文學，然而開在中央委員會裏的黨的評議會，是只有從政治的見地看來的文學的問題，這纔可以作爲問題的事，他却不能理解。

同志瓦浪斯基的 These（提要），是「現下的情勢和在文藝上的俄國共產黨的問題」。然而他關於現下的情勢，一句也不說，關於在文學的分野上的黨的課題，也幾乎沒有說。比起一九二一年，比起那時所給與的方針來，他一步也沒有前進。

想一想罷。人們到了黨的中央委員會的評議會，來討論關於文學的分野上的黨的課題，而在會上，却絕不說起我們所生活着的社會底政治底情勢；也絕不說起怎樣提出現在所設的問題；「那巴斯圖」的人們早就施行了的那劇烈的鬥爭，是因爲什麽而起的呢，也不給取說明之勞。而這劇烈的鬥爭之所以惹起，却正因爲我們的眼前豎着重要的政治底問題；在我們的眼前，文學已在漸漸變了有產階級的，有產階級觀念形態的手段；同志瓦浪斯基所立的立場，是使我們的敵人的政治底課題不費力，因此也就爲一切反蘇維埃政黨及傾向所迎迓了。

根本的問題就在此。倘若我們不說這些事，倘若我們不從這裏出發，倘若我們忘却了問題的本質，是在怎樣地使文學成爲我們本身的手段，倘使，再說一回罷，並不理解這個，不從這裏出發，則我們就毫沒有聚在俄國共產黨中央委員會裏的必要的。

請許我說一說同志瓦浪斯基應該做什麼罷。現下的情勢的特殊性，究竟在什麼地方呢？試拿最近的黨的文件——被共產黨中央委員會所採用的同志穆羅娑夫的提要來看罷。那文件裏，記載着農村中的富農的成長，都市中的個人資本的成長。在這有產階級的再榮的地盤之上，自然就有那觀念形態的再榮，而且也自然底地，有了爲鞏固自己的立場計，利用一切可能的反無產階級層的嘗試，首先是鑽進文學裏，於是竭力將這利用於自己的政治底目的上的嘗試，這是可以觀察出來的。

現下的情勢的別的性格底的特性，是在我們國裏，正在感到或一種的退潮，正在出現着社會底反動的徵候。這反動的氣分，非但在非無產階級層——智識階級，市民之類裏，這退潮，疲勞，悲觀的氣分，便是我黨裏面，也都侵入，感到了。如果拿那登在雜誌「波雪維克」第二號上的同志布哈林的論文來一看，諸位便會知道我所說的並非空想底的危險，而在我們之前的危險，乃是全然現實底的罷。這時候，關於文藝的問題，豈不明明白白，有着最重要的意義麼？

而在這事實的面前，同志瓦浪斯基說着些什麼呢？他是從事於文學者的登記了；他以怎樣的文學者存在，報告我們，排列了他們的姓氏了；他也編成了他們的履歷了罷。這爲黨的評議會計，也許是非常重要的。

但是，諸位：這些履歷——是完全的空事情。全部問題，是在這些履歷裏面，隱藏着怎樣的社會底要素，怎樣的傾向，怎樣的觀念形態的萌芽，這些人們，對於四近正在發生的政治鬥爭，做着怎樣的職務，以及可有做出來的危險。這些一切問題，都不惹同志瓦浪斯基的興味。他的立場的最大的錯處，是在，在他那裏，階級鬥爭是不存在的，革命的事是不存在的。他就大體判斷，他拿出對於藝術，不可有什麼整頓，什麼政治底干涉這一種新發見來。同志瓦浪斯基是在生活和政治鬥爭之外的。威嚇着我們的危險，他是不看的。

諸位同志們，在現在的黨的評議會上，必須顧及的現下的第三的政治底特性，乃是一切反蘇維埃政黨，對於現下的情勢，是將那重要的希望，都放在包圍共產黨，黨的解體和變質之上的。應該從這觀點，將這問題，又從這觀點，將同志瓦浪斯基的政策和實際，都加以批判。倘若，諸位，我們忘却了現下的情勢，我們是不能解決面前的問題的。再說一遍——倘若我們之前，沒有政治上的問題，我們是並無聚到這里來的必要的。

我們之間，也有愛發些藝術是藝術，關於趣味，是不能爭的之類的議論的人。然而這樣的想法，是不可容許的。同志瓦浪斯基說過，同志什諾維夫稱讚了亞歷舍·託爾斯泰的「亞藹黎多」：我也從同志什諾維夫親口聽到過。同志加美納夫（Kamenev）呢，曾對我說，他讀愛倫堡，是覺得滿足的。同志布哈林是寫了愛倫堡的「蒴里阿·來來尼德」的序。

然而問題並不在同志加美納夫或別的同志，讀了愛倫堡，覺得滿足或不覺得。問題是在這些文學，政治底地，於我們有危險呢還是沒有危險。問題的本質，是在這些文學，對於大衆給與怎樣的影響。必須從這裏出發的。近時，「共產主義者」誌上，載着克拉拉·札德庚（Klara Zetkin）的囘憶，那裏面，記有關於文學的職分的，文學應該怎樣走，向着那裏走的列寧的最有興味的注意。從這注意，我領悟了一件事——同志加美納夫要讀什麽，是可以隨便的，我們聚在這里的一切人，幾乎都看着白系的文學，這是因爲我們都已有了和這相當的免疫性的，然而我們不將這些一切文學，散布於廣大的大衆的罷。如果不如此，我國裏就也不妨有出版的自由了。爲了蘇維埃共和國的利益，也無賠償，而征服火星的「亞譪黎多」的那主人公，對於同志什諾維夫，也許給以藝術底歡喜的，但在廣大的勞農大衆，這些一切的文學，乃是最有害的毒物。倘使我在斯惠耳陀羅夫大學的列寧主義研究會裏，看見拿着愛倫堡的女子大學生，我就這樣說，『同志加美納夫讀愛倫堡，是一件事，然而斯惠耳陀羅夫的女子大學生，加以在現今的疲勞和悲觀的狀態上，來讀這文學——那是全然，全然是另一件事。』再複述一回罷——對於文學的問題，我們所必要的，是從那及於大衆的影響的見地來觀察，別的一切見地，在我們，是絕不會有什麼决定底意義的。

那麼，黨的文學政策，應該是怎樣的呢？這政策，應該向着三個方向走。

第一，我們有竭力妨害資產階級將文學利用於那政治的目的的必要。第二，我們應該利用舊文學中的一切有用的東西，招引能夠將利益送給我們的那一切文學者。第三，我們應該更進一步，爲革命必須有自己的文學起見，講究一定的具體底對策。

這些一切的問題，同志瓦浪斯基怎地解決着呢？他大抵非常滿足。他能夠給我們作「同路人」的長長的表，而這些人們，在他，是文學上的基礎底勢力，他依據了這些人們，以這些人們的名，在這裏講得很可以，而且惟有這些人們，據他所說，是傾聽這里所講的事情的。這些「同路人」者，究竟是怎樣的人們呢？看一看同志瓦浪斯基的論文罷。這麼一來，諸位便從中可以看出這「同路人」的致命底的特色了。同志瓦浪斯基瞞不住這是不可靠的人們這一個事實，革命不能和這樣的人們始終相關的這一個事實。然而同志瓦浪斯基對于我們必須有自己的文學，來替代這些的事，却一句話也不說。

再拿別的文件來看。此刻我的手頭有着出版所「克魯格」所印行的叫作「作家關于藝術和自己」的書。在這裏面，他們將自己，將自己對于文學的見解，非常自由地敍述着。現在請容許我對于畢力涅克，喚起諸位的注意來。畢力涅克所說的話，比別的「同路人」更其顯露着那性格。畢力涅克寫着——

「我不是共產主義者，所以我不覺得我應該是共產主義者，我應該共產主義者底地來著作……對于共產主義者的俄羅斯的關係，是我的對于他們的關係……我要說明，俄國共產黨的運命，只給與我比俄國本身的運命更少的興味。在我，俄國共產黨不過是俄國歷史上的一個環。」諸位同志們，你們知道麼，那保威爾·尼古拉微支·密柳珂夫，對于這事，是也懷着和這恰恰相同的見解的。請再聽下文罷。畢力涅克寫着。「除了現在所寫着的之外，在我，是不會寫的，也未必寫罷——假使要強制我，則世間雖有文學的法則，但這並無強制文學底才力的可能』這是又坦白，又正直的。還有，『右翼的布寧（出色的作家）和梅壘什珂夫斯基，左翼的綏拉斐摩微支——是舊的作家，但他們什麽也沒有寫，即使寫了，也很不行，這就因爲他們以藝術來替代了政治的緣故，以政治之名來寫作的緣故，他們的藝術不再是藝術，停止了發響了。』諸君看見沒有，將綏拉斐摩微支和梅壘什珂夫斯基，革命家共產主義者和反動家白軍士，畢力涅克置之同列，說是都爲政治所妨害了。我們知道，政治並沒有妨害了綏拉斐摩微支的寫出好作品「鐵之流」來。

再聽畢力涅克的話罷——『在新的文學上，什麽是必要的呢？——我不知道，我只知道一件事——必要的是好作品，另外的事，將由此償還的罷。』這是同志瓦浪斯基的見地。他也是一個不管那才能向着怎樣的方向，而只要是

「好作品」，「有才能的作品」的幫手。畢力涅克還稱讚着出版所「克魯格」和雜誌「赤色新地」。畢力涅克想着——惟有這個，是健康的文學。同志瓦浪斯基挑選着好作家，挑選着「好作品」。而且對于這些好作品，「不用紙幣術付現錢」，也是很好的事。

是這樣的「同路人」。要他們更拿出所能給與的東西以上的東西來，他們是不能的。這一事必須理解。但許多人們沒有理解。于是對于「同路人」的非批判底態度，便瀰漫了。在這意義上，揭在「眞理」報上的同志渥辛斯基的今天的論文，是有趣的。他就盧那卡爾斯基的最近的戲曲而言。他用了很柔軟的句子，表示着這作品是怎樣地不滿足。後來，同志渥辛斯基是這樣說——『卽使說是或種文學，有向着神祕底反動底的形態觀念這方面的隱約的傾向，但和從事於將沒有黨員證的文學，積極底地狩獵出來的亂暴的同志們（雜誌「那巴斯圖」）異其意見，也不妨事的。」

這意思，就是說，因爲「那巴斯圖」的人們注視着他們的向神祕主義和反動的隱約的傾向，所以不好。同志渥辛斯基呀，當革命第七年，在蘇維埃共和國，公然宣傳神祕底反動底形態觀念的人，是一個也沒有的呵。

假使「那巴斯圖」派之罪，是在曝露「同路人」的「隱約的傾向」，那麼，我的意思，是以爲這決不是他們之罪，而是他們之功。本黨不能不說「那巴斯圖」的人們，是盡着黨的義務的罷。即使這是極隱約的現象，但在資產階級底神祕底反動底形態觀念之前，閉了眼睛者，即此便犯着罪的。

再前進罷。我們的出版所，大雜誌的政策，是怎麼樣的呢？很多很多的大半是敵對我們的文學，由我們的蘇維埃的機關傳播開去。因爲這些文學，是從國立出版所及別的黨蘇維埃的出版所所印行，並且先是「赤色新地」，印刷在我黨的雜誌的頁上，大衆便以爲這纔是眞實的革命底文學，容受了。在我們的高等教育機關，在我們的勞動大學，青年們以爲這文學是革命的文學，容受着。我們的年青的後進，是從畢力涅克，尼啓丁，愛倫堡，開手文學底地研究着革命。我們的高等教育機關和勞動大學的文學教授——大多數是舊的教授。他們依據了同志瓦浪斯基及別的批評底評價，將這些文學，當作眞是革命的文學，教授着學生。

這樣的狀態，我們還能夠忍耐下去麽？還沒有從我們的文學裏，除去其實並非革命底的一切商標的必要麽？

我們的出版所和編輯局的這樣的政策，靠着蘇維埃共產主義底招牌的一切畢力涅克主義的遮蔽，有必須永久完結的必要的。

在這里，我們于是到了別的重要的問題——我們的文學批評的問題了。

我國的重要的批評家，誰也知道——是同志瓦浪斯基。但我要決定底地說——瓦浪斯基不是波雪維克的批評家。在他那里，並沒有對于所批評的文學的馬克斯主義者底態度。在他那里，是已經有着從培林斯基時侯以來所承繼的傳統底智識階級的批評的。（席上之聲，『這不是壞事情！』『他是依據着舊有的遺產的！』）諸位同志們，這舊來的遺產，應該知道利用。但是，同志台爾，你不是曾經揭發過，舊來的遺產，例如，即使是蒲力汗諾夫，也不能利用麼？於此我要說，瓦浪斯基沒有對于文學的波雪維克底，馬克斯主義者底態度。而別的批評家，是跟着他的方針的。

例如，有一個叫作普拉苻陀辛的人，他是先前的S. R.（社會革命黨員），其實呢，現在也還是S. R. 。由同志盧那卡爾斯基和斯台克羅夫所編輯的雜誌「Krasnaja Nieva」的批評欄，實際上是這普拉苻陀辛指導着的。這雜誌的五月一日號上，普拉符陀辛登載了關于凱進的批評論文，普拉符陀辛是大賞識了凱進的詩了的。爲什麼呢？——這是因爲『其中並無宣傳，宣言，戰鬥底階級底忠義主義，抽象底市民底調子存在，而惟這調子，是內面底地，非音樂底，非第一義底的，但凱進的各詩——常是眞實的人間底體驗的斷片，是諧音。』

「戰鬥底階級底忠義主義」，「抽象底市民底調子」……眞是，這些不都帶着好聲音麼？就是這樣，這批評家在我們的雜誌的頁上說着。無不依據瓦浪斯基的這批評家，是全然支持他的。再請聽罷。凱進者，普拉符陀辛說——『決不立于「工廠的竹馬」呀，「協同組合」呀，以及此外現代詩歌的一般底擬古典之上的。』凱進者——普拉符陀辛力說——『決不歇斯迭里病地』，陷於『現代的社會底，而且常是關于偪來的勞動的叫喊。』

諸位同志，這不幾乎就是 S. R. 的宣言麼？同志猩辛斯基也許說，這不過是傾向。但在無產階級獨裁之下，反對革命，是不能寫得比這更明瞭了。在這詩裏，凱進不是無產階級的詩人，而是職工詩人。普拉苻陀辛的小資產階級底觀念形態，便在凱進的詩裏認出了這一方面，將這稱讚了。對于觀念形態底地，可以非難的凱進的詩，縱使我們可以忍耐，但對于這樣的批評家，却無論如何，不能忍耐，也不該忍耐的。然而倘以為普拉苻陀辛的這論文，是偶然飛出來的，可不對。普拉苻陀辛者，在事實上，是「Krasnaja Nieva」——這印行六萬，給最廣大的大衆閱讀的雜誌的編輯者之一人。我是引用了五月一日號所載的論文的。在那正月號，這普拉苻陀辛則登了反對無產階級文學，反對「那巴斯圖」派，瞎恭維同志託羅玆基和瓦浪斯基的論文，在這里將託羅玆基寫成 Taras Bulda，瓦浪斯基寫成 Ostap 模樣。

這樣，諸位，共產主義底批評，在我國是不存在的。在蘇維埃的商標之下，出賣着一切汚穢；沒有一個批評家，來將這些一切文學的眞實的意義，示給讀者，說明給讀者，從階級鬭爭和無產階級的政治底利益的觀點，來觀察這些的。黨的馬克斯主義者底批評家，在我國是不存在的。然而這一定應該出現。

同志們，同志瓦浪斯基所實施着的政策，是被我們的敵人全然決定底地評價着的。一切國外和國內僑民，都激賞同志瓦浪斯基的文學政策。最是注意地着目於我們的論爭者，是右翼 S. R. 的雜誌「Volja Russi」。這雜誌的十一月號中，說着這樣的話——『一切論爭，由瓦浪斯基對於文學，以文學底見地來着的事開頭……「右翼」和「左翼」的鬭爭繼續着，但已經決定對於文學，試行一從藝術底見地了……瓦浪斯基所行的路，當得或種的成果。』……

這樣的話，並非瞎造的。「Volja Russi」的別一號，以及十一月號上，還講到同志託羅玆基和姬采林的論文。下文，是我們在那裏面所發見的——「託羅玆基在赤軍復員的時候，開手寫文學和藝術了。外交委員長的「復員」，豈不是使姬采林(Chicherin)從事於文學的意思麼？』(笑)

然而這並非怎樣要緊的事情。要緊的事，是檢討了我們的文學底諸傾向之後，這S. R.雜誌所下的結論——

『……亙俄羅斯全國，行着新的鬬爭，世界觀的鬬爭，作爲由共產黨綱領的一面底命題而「中毒」後的反動，而爲全體底世界觀創造起見的鬬爭。』

作爲「一面底」共產黨綱領的代表者，這S. R.雜誌，則舉出「那巴斯圖」派——對於這派，全體僑民，尤其是「Volja Russi」，是行着發狂的鬬爭的——來，他們將「那巴斯圖」派，斥爲嚴刑主義者，無產階級的十字軍等。等然而他們對於同志瓦浪斯基，託羅玆基，以及這一派的別的人們的賞讚的意思，是全然明明白白的。我們的敵人，一定在「那巴斯圖」底方針的反對者現在所做的政治底錯誤裏，尋到了支持。

黨的前面，是站着怎樣的根本底問題呢？「同路人」呢，自然應該利用，但是利用的，也應該是眞實的革命的同伴者。將來怎樣利用「同路人」呢？唯一的方法——只有本黨依據了在文學的分野上的本黨自己的團體。在我們，××細胞是必要的。在我們，文學的分野上的波雪維克的小組是必要的。做這細胞，這×××的小組者，是無產階級作家團體。說是他們裏面，沒有天才，誠然，天才是沒有。這還是年幼的軍隊。向着大概是剛出地下室的階級，而且在市民戰爭的翌日，便要求天才底作家，是愚蠢的。然而黨要實施那政策，可以依據的那樣的團體，是存在的。那團體，便是「全聯邦無產階級作家聯盟」

(「域普」)。黨應該指導「域普」，在那周圍，使黨外的作家團結起來。

同志們，我們時常說——瓦浪斯基應該打倒。這自然是比喻底的說法。問題的個人底結合，是不足以解決的。問題的本質，是在使黨外的作家，結合於×××細胞的周圍，黨的團體的一點上。卽使將壞的瓦浪斯基，換一個好的瓦浪斯基，並不能救轉這狀態。對於黨外的作家，我們用了指導一切黨外的部分的一樣的方法——經過細胞，經過小組，可以指導的。

同志們，無產階級文學現在不過是剛纔產生。正如文字那樣，幾個月之間，得了非常的成功了。與其以勞動階級未出天才底作家爲奇，倒不如驚異於勞動階級在比較底短期之間，出了很有才能的作家們，更其重要的，是在工廠中，勞動通信員，勞動大學生，青年共產黨員之間，竟能布了文學研究會廣大的網。在市民戰爭終結後的第四年，便發生了勞動階級廣大的文學運動，是可以驚異的。

同志們，在對於無產階級文學的關係上，瓦浪斯基是採着破壞底方針的。這破壞底方針，應該一掃。對於這最重要的新的運動，黨應該給以指針。那時候，我們波雪維克，纔會有波雪維克主義的文學，革命纔會有那眞實的文學的罷。

同志瓦進的報告之後，同志A・威勛魯易起立，證明同志瓦浪斯基的立場的正當：又，同志U・里培進斯基在簡短的發言中，要使「那巴斯圖」的見地，得有基礎。

渥辛斯基(S. Osinsky)

今天由我們討論着的問題，如果拿同志瓦進的判斷來一看，那裏面是存在着無限的不條理的。據他的意見，這並非藝術上問題，而是政治上的問題。不然，這是藝術上的問題，也是政治上的問題，而同志瓦進全不理解這一點。同志瓦進在這裏所講的話，就如說，在高等數學的領域裏，沒有屬於俄國共產黨的人們，所以應該將他們統統驅逐，立刻換上共產主義的勞動者——和對於現代的科學這樣地說，是一模一樣。這裏由「墨普」所主張的事，不過是對於專門家的舊論爭。而這論爭，則已到了取了下面似的形態而出現了——就是，從文學界逐去專門家罷，我們自己的無產階級作家萬歲，我們自己的無產階級的專門家萬歲。

這勞動反對派底見地，是應該拋掉牠，拒絕牠的。還有不好的事情。我們如果拿里培進斯基的小說「明天」來一看，那是純然的淸算派的作品。但是同志里培進斯基呢，到這里說了些什麼關於觀念形態的話。我不能不說——這錯處，並不是單在里培進斯基之上的。我們大家，都被小資產階級底自然成長性所圍繞，我們應該和這戰鬪。或一程度爲止，應該站在哨所上，那是完全明明白白的，也是決定底的。然而倘若你們要在自己這一面，獲得獨占，則從諸位的團體裏，生出些什麼來呢？倘若諸位的『將全俄文學，交給「墨普」罷』這一個提案竟得容納，那時候，除了俄國文學的破壞這一件事以外，什麼也不會發生的。例如，敬愛的同志羅陀夫，是才能極少的作家。還有，敬愛的同志烈威支，也是才能極少的詩人。據我的意見，他較之詩，倒是散文好得遠遠的作家。倘使這樣的人們團結起來，叫全文學跟在他們之後，則那時候，在我國將發生什麼呢？諸位說，這個那個的文學，不中我們的意。那麼，請將別的文學給我們看罷。倘說，現在這種的文學還未存在， 這是還未成長， 還未創造——那麼，是不是說，就將文學廢止了好呢？這是要問一問的。

文學云者，是什麼？文學云者，第一，先是一切教化的萌芽。倘若我們在這蘇維埃俄國，揭着「絕滅文盲」這一個口號，那麼，我們先不可不有的——是文學。而且是藝術底文學。沒有這個，我們便不能說是有着十分的教化。不看科學書籍的人們，那些人們，藝術底書籍是看的罷。文藝是有很大的意義的，如果我們不將這給與大衆，我們恐怕就阻止發達。這裏就發生一個問題——諸位的非難，是在所給與的藝術作品上，有了或一種不好的傾向的時候不是？然而諸君也不妨相信，大衆讀一種含有壞的觀念形態的作品，是會除掉那壞的觀念形態，而只留下好的那些，用這來滋養自己的。沒有這營養，是什麼事都不能做的。這自然並不是說，驅逐掉我們的文學。然而諸位的問題的建立法，以及那實踐底結果，客觀底地，是最有害的結果。這事是應該率直地說一說的。

拉思珂耳涅珂夫 (F. Raskolnikov)

倘使諸位看一看舊的非波雪維克的雜誌，例如，卽使是「Sovremenniy Mir」那樣的，你們在那裏也會看見是行着決定底的二元性的罷。在那裏，社會評論的部分，是不能不有一定的方向的，但文藝的部分，却完全可以自由。所以在一本雜誌上，文藝欄裏——是阿爾志跋綏夫 (Artzybashev) 的小說「賽寧」，在社會欄裏，——是蒲力汗諾夫 (Plekhanov) 的馬克斯主義底論文，能夠在一處遇見。

那麼，在對於這事的以前的我們波雪維克的傳統，是怎樣的呢？革命以前，我們沒有印行文學雜誌那麼多的資產。但是，我們的勞動報「眞理」，也還有着文藝欄。我們便在那裏，登載我們的無產階級作家的作品。但在那裏，阿爾志跋綏夫，安特來夫（Leonid Andreev），是都沒有登載過的。

凡有這些阿爾志跋綏夫和別的資產階級文學者們，在那時代，也是或種意義上的同路人。自然，倘使我們去囑託他們，他們因爲想在勞動者之間，獲得自己的名聲，會高高興興，將作品送給勞動報的罷。然而我們故意避開他們，努力要在無產階級大衆的層中，尋出我們的無產階級作家來。現在呢，我們有在舊的，革命前的「眞理」上開手工作的作家和詩人的一大團了。一九一四年頃，此刻在座的同志加美諾夫，就直接參與了無產階級作家的最初的創作集的發行的。無產階級詩歌的創立者，那時是台明・培特尼，還有和他一同在舊「眞理」上工作的無產階級詩人的一團。

但是，現在同志瓦浪斯基所擁護着，展開着的方針，却是在文藝領域上的我們波雪維克方針的分明的歪曲。諸位，我們之所以反對印行畢力涅克和亞歷舍·託爾斯泰的討厭的作品，我們决不是說，『將畢力湼克按到牆上去，將亞歷舍·託爾斯泰再趕出外國去。』這些作家，自然都是在獨特的意義上，有着才能的作家。我們也決不是要製造對於他們的同盟排斥（boycott）的氛圍氣，也並非要求在蘇維埃聯邦的領地內，禁止印刷他們的文章。我們不過努力要糾正文藝領域上的方針。我們不過僅主張這些不相干的，有時還和我們爲敵的作家們，在黨和蘇維埃的印刷品的紙張上，受着殷勤的歡迎的事，應該停止。在現今，例如「Russkiy Sovremennik」那樣的資產階級雜誌，正在開始出版了。

由同志瓦浪斯基所招集的文學者的一部，要流到那一邊去，是毫無疑義的，因爲稿費大約是那一邊多，而那些作家們，也正如同志瓦進說過那樣，大半是「看金錢面上」的人們呀。但在我們，却有在我黨中，在蘇維埃的文學中，施行徹底的政策的必要。在我們的雜誌上，評論的部分和文藝的部分，是必須有完全的一元性的。我們不能容許同志瓦良斯基所做的那個二元性。便是他自己，對於聚集在「赤色新地」的周圍的自己的作家，不也下着比誰都厲害的致命底的批評麼？（朗讀。）我並不攻難他寫了這個。他寫得不錯。我之所以攻難他，是在他將這些作品，在國立出版所的商標之下，印在我們蘇維埃的雜誌上。（座中的聲音，『他們印出來的，還不止這個哩。』）他們也還登載着更其不好的作品。他們登載着「Tarsan」呀，「Mess Mend」——這最卑俗的 Pinker ton 式作品。我並非說，要將這些作家全都同盟排斥，或者使他們動也動不得。自然，要印多少，給他們印多少，就是了。只要不在我們蘇維埃的黨的雜誌上，也不要用工農的錢來印就好。還有，有一個爲了「赤色新地」的讀者，專門解說現代文學潮流的叫作普拉荇陀辛的批評家。他在這瓦浪斯基的雜誌上，寫些什麼呢，大家聽罷。（朗讀。）

最後，對於在「作爲生活認識的藝術」裏，由同志瓦浪斯基所展開的他的理論，還要說幾句話。我深信這篇論文，是馬克斯主義的通俗化的最壞的例子。蒲力汗諾夫在那論文「藝術與社會生活」裏，已經指示出，爲純藝術的理論，換了話說，就是爲藝術的藝術的理論所統治的時代，是有的了。這是生於在作家和圍繞他們的環境之間，難於和解的不調和所造成的歷史底瞬間的。意識底地，要逃避這一切生活的純藝術的公式，却在瓦浪斯基的人工底的，散漫的，非馬克斯主義底的，公式——作爲生活認識的藝術裏，尋得地位了。並非作爲生活認識的藝術，而是作爲社會關係的產物的藝術——惟有這個，是對於藝術的唯一而正當的馬克斯主義底見解。

波隆斯基 (V. Polonsky)

正如同志渥辛斯基已經說過那樣，同志瓦進所加重主張的，是以爲站在我們之前者，並非藝術底問題，而是政治底問題。但這就不許我們來談關於從文學底見地看來的問題麼？第一，這政治底問題的意義，豈不是就在使文學發達，成長於我們的國裏麼？這問題，惟在當檢討之際，並不忽視那具體底藝術底特性的時候，這纔可以政治底地解决。然而同志瓦進的口氣，却明明說是關於文藝領域上的黨政策的問題的設立，我們不妨忘却了單論文藝，不涉其他的事似的。瓦進將眼光避開了文藝的特殊性，他要不想到文藝上特有的法則了——他的謬誤的主要的原因，也就在這裏。倘使瓦浪斯基正如「那巴斯圖」派諸君所說，是一個破壞者，那麼，瓦進——就是分明的殲滅者。爲什麼呢？因爲他的決議，不過是一個要將文藝全滅的嘗試。這是同志瓦進的決議所要求的——

『從我們的出版物，決定底地驅逐出失了社會底意義的作家，尤其是曲解了革命的社會底，政治底和生活底形相的作家。從我們的出版物，決定底地驅逐出國內的文學底 Emigrant（僑民）。』

這裏倒還是毫不可怕的——有誰會反對從我們的出版物，驅逐出曲解革命的新的「國內僑民」呢？這一點，是可以放心贊成的。我們和他們之間，在這地方並無爭論之點。但問題，是在誰來做審判者。誰來判決，定爲「曲解」者，而加以驅逐，等類，等類呢？這是極重要的問題。據同志瓦進的決議的別一條，我們知道他大概要使誰來擔任這職務。他是要求着以「無產階級作家聯盟爲文學戰線上的黨的依據點」的。

就是爲了這個，同志瓦進打着牆。他望着自己的聯盟的獨裁，「域普」（全聯邦無產階級作家聯盟）的獨裁，他想「域普」從中央委員會得到證明書，隨意判決，並且從文學驅逐出去。但在「域普」本身之中，不也就有「同路人」存在麼？所謂「同路人」者，豈是單指那說是『我和你們同行，然而自己隨便走』的畢力涅克一類的麼？「同路人」者，是也用以稱呼那準備着黨員證，得了以黨之名，以無產階級之名來說話的權利，但在或一程度以上，却不和我們同行，而只想用了黨員證，來遮掩這事的人們的。這一類的「同路人」尤其危險，而且自以爲自己的袋子裏有着黨員證，便要來取得統治權的，不正是他們麼？但是，從一個的作家團體的獨裁，文藝會得到什麼利益呢？這會給我們利益麼？同志瓦進，豈不是竟至於說出「我們讀什麼都可以，但勞動階級却不行」那樣的怪事來了麼？我們呢，讀我們所喜歡的一切，然而勞動者却只可以讀「域普」的作品。這於「域普」也許是有利益的，但於無產階級，並沒有怎樣的利益。

關於文藝的論爭，大體是和利用熟練的智識階級的問題相聯結的。智識階級是否適宜於站在我們的革命得了勝利的無產階級的立場上呢？假使他們是適宜的，我們便不必有怕用這熟練的智識階級的必要。如果白軍的人們以爲這是要招致我們的滅亡的，讓他們這樣去想就是了。我們的問題，是在竭力使智識階級，移到無產階級的立場上去這一點上。這一點，對於專門家一般，對於藝術家文學家，都不錯的。能夠使他們移到無產階級的見地去，這意思，就是說他們能夠用了無產階級的眼睛來看世界。然而用了同志瓦進那樣的驅逐，文學的全滅，這事是辦不到的。瓦進說——在我們，文學上的×××細胞，是必要的。這有誰反對呢？然而我們爲什麼必要×××細胞？爲了驅逐出×××細胞以外的切麽？你是講着「域普」的獨裁，而且因爲這目的，所以×××細胞存你是必要的。但「域普」的獨裁，所以要招致文學的破滅者，就因爲沒有這個，便掃蕩了文學的不能發達的那過程，那鬬爭底氛圍氣了。

我想，對於瓦浪斯基的攻擊，是很有些不對的。瓦浪斯基將一九二一年頃立在我們面前的課題，正當地辦妥了。那課題，便是——不但將僑寓的智識階級，不但將國內僑民，也將資產階級文學，加以分析，從中摘出合於生活的部分，將這和我們聯結起來。而瓦浪斯基將這事辦好了。誠然，瓦浪斯基此後並沒有改換這狀況。而二四年呢——並不是二〇年，二一年。瓦浪斯基將這一點忘掉了。但他該會矯正自己的，他在近來，也正在藉了教養文學青年的事，改正着自己的方針。

無產階級文學尙未存在，我們應該幫他產生。但那辦法，却不在我們借了這幫助，將現存的文學驅逐，而在幫助他從昨日的文學中，獲得已經創造的較好的果實，戰勝這文學。瓦浪斯基和我，都並不將我們稱之爲「同路人」的作家的文學，看作跨不過的 Rubicon（重譯者註——地名，這里是以喻倘一踰越，卽見成功的境界）的。這文學，不過是我們應該經過，而且我們還應該更加增高的階段。所必要的，並非破壞這階段，却是通過他。新的文學的創造，是並不站在舊文學的破壞之上的。

烈烈威支 (G. Lelevitch)

從同志渥辛斯基起，部分底地呢，是同志波隆斯基，都在這里將關於「墨普」的工作的事，檢討了很不少。他們說，有這樣拙劣的作家的團體，想獲得文學上的統治權了。但是，這是——不眞實的。對於烈烈威支的詩是拙劣呀，羅陀夫的詩是拙劣與否呀的問題，我還是完全不提罷。

論爭並不在這里，是在文學上的瓦浪斯基的方針不錯呢，還是我們的不錯。涉及競爭，是不對的。第一，這是形式底的事。以爲狡猾的作家的一團，拉住了瓦進和敖林(B. Volin)，又拉住了另外許多黨員，硬要他們來做個人底目的的手段，豈不是大笑話麼？這是——第一。第二，是我們在什麼時候，什麼地方，說過藝術上的黨政策的課題，乃是將統治權交給我們的團體「十月」呢？我們只說對於無產階級文學的指導，是必要的。根本的問題就在此，並不在團體的鬥爭。

同志瓦浪斯基說——所謂無產階級作家者，是怎樣的人呢？你們的意思，是只以爲無產階級作家者，是小團體的會員，首先是立誓破壞舊文學的，歷史底的型範的人們。這並不對。我們在無產階級作家這一個名目之下，所解釋的，是用了無產階級前衛的「眼睛看世界」（畢力涅克的話），而且導引讀者，向着作爲階級的無產者的終局的問題那一面去的藝術家。例如台明．培特尼和綏拉斐摩微支，即使並不加入「十月」，我們也看作眞實的階級作家的。

同志瓦浪斯基說，我們是要破壞一切文學的，如果我們的見解一實現，便只剩下空虛的處所能。誠然，我們之間，沒有普式庚那樣，果戈理（Gogol）那樣，瞿提（Goethe）那樣的巨匠。誠然，我們之間，沒有無產階級的天才。但是資產階級那里，現在也沒有普式庚，果戈理，瞿提呵。所以，來要求記念碑底天才，是全然無益的事。這是在現代的資產階級文學中也沒有的。這是第一。

第二。自然，關於幾種作品的成功與否，幾個作家的有無才能，也還可以爭論。而這事，是雖在一個的潮流之中，也會有或一程度的意見的歧異的。

然而這一點，是可以決定底地說的——就是，無產階級文學現在出了許多藝術家，他們在藝術上，雖然決不能和普式庚，果戈理比較，但至少，和現代的別階級的文學，却可以對峙了。先舉兩個例罷。一九二三年的同路人以至資產階級的詩歌中，在那創造底力量和革命的展開之廣大上，可有一種作品，能和培賽勉斯基的長詩「Comsomolia」相比較的呢？一九二三年的同路人乃至資產階級的文學中，在那把握之深，觀念形態底藝術底價值上，可有能和綏拉斐摩微支的「鐵之流」比肩的呢？這是去年所寫的無產階級的兩種作品，在同路人乃至資產階級文學的去年的作品中，能和這相比較的，却一篇也沒有。

同志們，這事實，便是十足的雄辯。只要這兩個例，就知道所謂在我國，無產階級文學什麼也沒有的話——不過是空話。許多優良的措辭的藝術家，已經從勞動階級出來了。台明．培特尼，綏拉斐摩微支，里培進斯基，培賽勉斯基，此外許多的人們，就證明着這事。（座中的聲音，「這單是團體罷！」）我們並不說團體，是說無產階級文學。（座中的聲音，「Artem Veseliy 呢？」）亞爾穹・威勖魯易現在是無產階級作家。但他的面前，有着很大的危險。如果他不降服，他此後也便是無產階級作家罷。無產階級文學已經代表着認眞而強有力的藝術底力量。前面自然還有更大的課題。我們不獨一個「鐵之流」，還要二十個「鐵之流」。我們不但一個「Comsomolia」，還須有更深的處理和更廣的布置的二十五個「Comsomolia」的。

但是，例如，同路人做不出一個「鐵之流」來，而無產階級文學却做出來了，所以說我們不能藝術底地和資產階級，同路人文學競爭，是沒有道理的。但在這里有一件應該記得的事。這便是，無產階級文學云者，並非集團和團體，乃是廣大的大衆運動。低的無產階級細胞——勞動大學，工場，赤軍，鄉村及其他的文學研究會，都應該是創造力的巨大的源泉。假使我們這里，只有這些，只有這大衆底萌芽，我們也可以說是強有力了。然而我們這里，這些之外，又已經有優勝的無產階級作家的一隊出現。所以，即使我黨中止了依據同路人乃至資產階級文學會爲主力的事，也分明另有可以依據的東西存在了。

布哈林 (N. Bukharin)

我覺得在此出席的諸位同志的多數，太將問題單純化，而且看得太決定底地了。在實際上，我們豈不是有着三個重要的根本底的問題麽——這就是讀者的問題，作者的問題，還有對於雙方的我們的態度的問題。只有這樣，我們纔能夠接近這問題去。

如果問題是這樣豎立的，那樣，以全體而言，正和範圍更廣的社會底問題一致。倘若我們說，在政治的領域裏，這有一個階級是無產階級，而這界限以外，只有一個資產階級，那恐怕是不對的罷。正和這一樣，將對於問題的解決，給與困難的諸問題，抛出於我們的視野之外，是不對的，——因爲惟這困難，是正存在於我國沒有一定的讀者和一定的作者這一件事情裏。所以，問題的決定底解決，是沒有的，也不會有的。

正如政治上的統治的根據，是奉×××爲首的勞動階級一樣，在這混沌之中，也自有或種根本底的東西存在，是無須說得的。所以我們這里，倘就一定的終局而言，則當然該有向着一定的方向的根本底精神；一切的事，多多少少，都該和這終局的目的相連結。許多人都知道，我是站在非常地急進底的立場上的。然而這却絕對地不給我解決那帶着一切複雜性的現實的問題。我想——我們在觀念形態底科學底生活的一切領域——也包括數學——裏，我們之間，究竟可以努力，也應該努力，來造出一個一定的，爲我們所特有的立場。

於是從這里，便滋長出文化底諸關係的新的精神來。

但是，諸位，可惜這只是不能將特別的困難和過渡底階段除去的無休無息的準備呀。這不消說，我們從無產階級文化創造的問題，背過臉去，是不成的，我們從用了所有手段，來支持現存的這萌芽的事，背過臉去，是不成的。我們無論何地何時，都沒有拒絕這事的權利。我們倒應該理解，惟有這個，是力學底根據，作爲我們的生存的心臟的。但從我看來，雜誌「那巴斯圖」似乎太將這問題單純化了。他們的意思是——我國有無產階級存在，但我國並無中間層，所以問題是在從一切作家中，將他藝術底世界觀中的並非純粹的無產階級的事，加以曝露，於是用了在「墨普」及其他和這相類的團體裏，組織底地做成了的大棍子，來打擊他。

這問題的錯誤的建立法，就在這里。我國還應該有農民文學存在。我們應該迎迓他，是不消說得的。我們能說因爲這不是無產階級文學，不妨殺掉他麽？這是蠢事情。我們應該和在別的一切觀念形態的領域上完全一樣，在文藝的領域上，我們也施行那用了和指導農民相同的漸進法，一面顧慮着那重量和特性，慢慢地從中除去農民底觀念形態那樣的政策。我們不能不在無產階級之後，用繮繩拉着這農民文學去。如果關於讀者的問題，是這樣布置的，那麽關於作者的問題也應該這樣布置。無論怎樣，我們必須養育無產階級文學的成長。然而我們不可誹謗農民作家。我們不可誹謗爲着蘇維埃智識階級的作家。我們不可忘記：文化底問題，和戰鬬底問題不同，靠着打擊，用了機械底強制的方法，是不能解決的。用了騎兵的襲擊，也還是不能解決。這應該用了和理性底批判相適應的綜合底方法來解決。重要的事——是在和這相當的活動的領域內的競爭。

最後，不可不明白的，是我們的無產階級作家們，他們應該停止了今天爲止那樣的只從事於做成These（方針），而去造出文學底作品來了。（拍手。）誦讀那些無限量的主義綱領，已經儘夠了。這些東西，都相像到好像兩個瓜。這些已經令人倦怠到最後的階段了。拿出二十篇主義綱領來，還不如拿出一篇好的文學底作品的必要——一切的問題就在這里，爲什麽呢，因爲盛行於我們文學團體中的，是最大的問題的轉換。在這里，就存在着那根本底惡。不做必要的事，換了話說，就是並不進向生活的深處，竭力去觀察現代生活的許多的方面，普遍化，把握住，不做這些事，而却從腦子裏去擠出綱領（These）來。

這樣的事，早可以停止了。在我，我要絕滅那同人的無產階級文學的最好的方法，絕滅他的最大的方法，就是擯斥掉自由的無政府主義底競爭的原則。（聲，「不錯！是的！」）爲什麽呢，因爲在現在，要造成沒有經過一定的文學上的生活上的學校，生活的鬪爭的作家，沒有在這鬪爭中，克得自己的地位的作家，沒有爭得爲了自己的立場的地位的作家，是不能夠的。但倘使相反，我們站在應該靠國權來調節，利用一切特權的文學的見地上，則我們毫不容疑，因此要滅亡無產階級文學。我們不知道由此要造出什麽來。可是，諸位同志們，在現在我們的無產階級文學的領域內，以爲我們沒有看見大錯處麽？作家一寫出兩三篇作品，他豈不就以瞿提自居了麽？……

我已經提示了站在無產階級作家之前的課題，我並且給了一個名目，叫作「力學底力」。我要複說一遍，這是我們的豫想。但再複說一回罷，我要說，爲解决這豫想草案起見，我們是有特別的方法的。從這里，要流出爲「那巴斯圖」的團體所不懂的許多問題來。文學批評者，必須作爲决定我們的社會的意見的人，或是團體來行動的麽？這可應該像我們招致農民一般，將「同路人」

招到我們這邊來呢？自然，應該如此。然而一面用棍子打他們的頭，絞住他們的咽喉到不能呼吸，一面「招致」他們，這有什麼必要呢，又怎麼可能呢？一切的問題，就在這里。

從我看來，我國的讀者是有各種各樣的。作家也有各種各樣。所以無論如何，問題的解決，也不會是決定底，一面底。根本的問題，是在讀者應該長進，到由無產階級作家來領導。最後，則應該到無產階級作家來指導無產階級的讀者。這也做得到的罷。正如我黨和勞動階級，不用These，却用實際的一切工作來證明，於是在勤勞大衆的意識中，克得了一定的指導權一樣，無產階級作家也應該戰取那一定的藝術底權威，由此來獲得指導讀者的權利。

最後，還要添一點小小的注意。同志們，我想，這一件事，是必須明白的，就是造或一切團體，不能用造黨呀，組合呀，軍隊呀的型範來造。也必須明白，在一定的時期，尤其是關於文化底問題，我們是有設立別的兩樣的團體底規律的必要的。問題呢，現在自然不在那名稱上，但我要主張——這須是自發底團體，並不拘束的團體，倘是靠補助經費來辦的那樣的團體，是不行的。（笑。）那麼，小團體就會很是多種多樣的罷。而且愈是多種多樣，也愈好。他們要因其色彩，大家不同。黨呢，當然應該定一個一般底方針的。但要而言之，在這諸團體內，總須有或一程度的自由。這並非立有鐵底規則的黨，這並非勞動組合——這完全是別的型式的團體。凡有文藝上的政策的一切問題的解決，常常有人想求之於黨——宛然是對於政治及其他的生活的些細的問題，黨都給以回答一般。然而這是黨的文化事業的完全錯誤的 Methodologie（方法），爲什麼呢，因爲這是自有其本身的特殊性的。

這就是我要在這里提出的注意。

阿衞巴赫 (L. Averbach)

最重大的點——是關於豫想的問題。關於發達的徑路，速度，和別的問題呢，卽使在或一程度上，意見有些不同，但以一般底地，以及全體而論，我們不得不贊成同志布哈林，他在我們面前，提出了正當的豫想，並且指出了無產階級作家的問題，是最為重要的問題，在這意味上，拿同志瓦浪斯基的 These 來看罷。這的所以不行，一是對於明日，並不給一點解答；二是將來的工作的計劃，完全沒有；三是對於文學，看不透那發達。倘若諸位愼重地一研究同志瓦浪斯基的 These，則這完全是照字面的意義上的一個潮流。(拉迪克從座中，「這是並沒有流着的。」)不，同志拉迪克，潮流是流着的，然而，可惜的事，是在同志瓦浪斯基的旁邊，而且這將他漂流了。問題的本質正在這里。在同志瓦浪斯基那里，是不會有豫想的，爲什麼呢，就因爲他不相信勞動階級的力量。他的反對「那巴斯圖的人們」的主要的結論，是——你們是沒有名氣的！他在這席上，說了這樣意思的話，今天在我們這里，一切種類的文學底團體和組織都吵鬧着，但是作家是會從什麼地方的熊洞裏，遠離都市的山奧裏出來的罷。正在這一點，我們和同志瓦浪斯基意見斷然不同。無產階級作家的生成的過程，和以前的藝術家出現的那形態，是質地底地兩樣的。他並非單是個人底地，從什麼地方出現，他是能夠從廣大的無產階級文學運動之中產生，也正在產生的，爲什麼呢，因爲我們是將所有的作家的組織，看作勞動通信所開始的那連鎖的一個環子的。從列寧對於文化革命的時代的命題出發，我是一個確言者，敢說現在動手寫作的勞動者作家的團體，是較之個個已經出現的有天分的——這雖然實在是同志瓦浪斯基的唯一的標準——作家們，要重要得多。其次，我們的意見的差異，是我們不將作家出現的過程，看作和我們的意志和我們的關係，並不相干，便卽起來的一種東西。這並非單是自然成長底過程，但對於這事，同志瓦浪斯基却全然懷着宿命底的心情，他說——要出現的能，從熊洞裏。我們應該作用，創造情勢，用適宜的氛圍氣來圍繞勞動者作家，給與影響。於是在或一程度上——我們這里有出版所，有報章，也有別的種種——規定那新的作家羣的出現，而且這也是做得到的。然而我們這里，關於這一節，却什麼也沒有做，文學指導的領域，正如文藝批評的領域一樣，到處非常混沌。

其次，在二十一年，同志瓦浪斯基曾擔當到一種一定的任務。這是一定有看一看實行到怎樣的必要的。同志瓦浪斯基將這極其一面底地實行了。極其不滿足地實行了。他所受的委任，是在使有產階級作家解體的。使有產階級作家解體，是必要的事。但我要問一問，靠了始終將頭鑽在有產階級作家的團體裏，是能夠使這解體的麽？我們以爲倘若眞要使他們解體，只有在我們創造自己們的作家，依據着自己們的作家的組織的條件上，這纔做得到。正因爲這緣故，對於同志瓦浪斯基的行動的一部分，我們是早就表示了反對的。我可以確言，以「Molodaja Gvardja」的工作爲基礎，同志瓦浪斯基開初就毫不將一點注意給我們青年們，但是一動手，却就開始要將年青的無產階級作家的團體解體。同志瓦浪斯基是一般底地說，對於作家的組織所有的特殊的意義，還未十分地評定，共產主義底工作，是並不靠着個人底的活動，而惟經過了組織，我們這纔能夠實行的。

諸位同志們，我們現在是站在相續而出的厚厚的有產階級雜誌的前面了，而同志瓦浪斯基的行動，却正是創造了他們的出現的可能。這兩三年來，如果施行了黨的眞實的政策，作家「同路人」就不會走到有產階級雜誌那邊去了罷，而他們的出現，不過作用於作家的政治底分化，至於眞的同路人，就剩在我們這邊了罷。

雅克波夫斯基（G. Iakubovsky）

諸位同志，文藝的問題，現出竟至於這樣地帶着現實味，提了出來，這大概是大衆的異常的文化底成長的結果。必須決定底地這樣說——煽動，現在是不流行了。只要是和讀者有關係的人，和勞動階級的讀者有關係的人，誰都知道。在全俄職業同盟中央委員會裏，就有着明白勞動階級的讀者要求着藝術底的文學的材料。例如，在「同路人」之中，伊凡諾夫是有人讀的，「鍛冶廠」的作家們是有人讀的，然而煽動文學却不流行；煽勤文學現在是正演着當結婚式之際，連發着「航海術語」，却在主人這面，惹起了反感的 General 的把戲的——請您給我們「切實的」！現代的讀者，是正在要求着一點「切實」的東西的。倘若對於這讀者，給以未來派所創造的煽動文學，怕便要痙攣底地退縮的罷。和這相連帶，就起了「同路人」的問題。我們，「鍛冶廠的人們」是要將關於「同路人」的命題，加以精化的。將「同路人」分類爲有產階級底和無產階級底，是必要的。和這相連帶，便又起了「同路人的分類」的問題。關於這樣的分類，同志瓦進在那 These 裏講說着。然而分類是並非必要的。必求的事，是精化，是純化。無論是你，是同志瓦進，想來大概都贊成現今正在流行的純化的罷，——這較之由你極粗雜地用棒頭所做的分類，恐怕要有益得遠罷。

從同志瓦進的報告，也不能不指摘出「那巴斯圖的人們」的本質，他們的觀念形態，都是極其原始底的事來。問題呢，卽在藝術家這東西——是產生金卵的童話裏的母雞。「那巴斯圖的人們」主張說，應該將母雞剖開來，那麽，我們可以得到金卵。我們「鍛冶廠的人們」是和這反對的。爲什麽呢，因爲我們用這種辦法得不到金鑛。一般底地說起來，同志瓦進的見解，正使人想起那不合時節，而叫了『祭日近了，要乳香呀！』的聰明人。當將來會成大衆底的「Rabochiy Journal」，正在排了大困難，從事建設的時候，同志瓦進就叫喊着。『祭日近了，要乳香呀！』他主張將這雜誌燒掉。這是——童話的聰明人的見解。同時，我們又看見這樣的例，便是「鍛冶廠」被「教會」査抄，「Rabochiy Journal」在被燒掉，但諸位如果拿起「烈夫」的最近號來，你們便會看見在那裏面，聰明的思想的充滿的罷。要將這塵芥，有產階級底腐敗物，搬進勞動者的意識之中去的時候，同志瓦進一面支持着自己的意識形態，一面大叫道，

『搬進去——無論搬多少，總是不夠的。』我要指摘的，正是這一點。「鍛冶廠」是站在製作底見地上的，所以歡迎同志布哈林的進出。我們從事於製作，想拿出好的製作品來。

雅各武萊夫 (I. Iakovlev)

「那巴斯圖」的團體勸告我們，而他們自己也在實行的這政策的危險性，不在稟有天分的作家們，將因此被從黨和蘇維埃政權排退，倒在從勞動階級的列隊裏起來的作家們，對於自己本身的實際底的工作，在「那巴斯圖的人們」那里，却往往變爲自己禮讚和對於「同路人」的譏謗底批評了。這道路，說不定會使健全的新文學的現存的萌芽，至於枯槁。對於這種道路，同志列寧是屢次戰鬪過來的，而我們也不該允許有歪曲了列寧的方針那樣的事。將對於自己本身，又必要，又認眞的事，文藝的好模範的認眞的研究，用了自負來替換的標本，就是「十月」這一派，在 Logosisko Shimonovsky 區的團體內做着工作的那課目（Programm）。

在攻擊底的通信和勞動通信的工作上，練習着自己的鋼筆的勞動者們，是從許多的講義上，學習着「烈夫」的歷史；「十月」的團體的歷史；這團體中的各個會員間的相互關係的歷史；「十月」的團體中的十二三個年青的文學者，那大部分雖然是智識階級，但和他們的出現一同發生的無產階級文學，是生於何處，將走向何處的歷史的。

縱使將這團體的個個稟有天分的作家，評價到怎樣地高，但用了研究「十月」的歷史的事，來代換研究普式庚，莎士比亞，惠爾哈連（E. Verhaeren）等，却是用了雜草，來枯掉無產階級文學的健全的萌芽的那有害的自負。這事情，只要將現在的個個的作家團體，個個的作家聯盟的相互關係的實情，比較研究起來，便會格外明白的罷。

我想，雖是「那巴斯圖的人們」自己，大約也不會否認，進了種種程度的無產階級文化的團體的新作家，也常有典型底的有產智識階級底放縱和鑽在頹廢的有產階級文學氣質的氛圍氣裏的。對於這敵，「那巴斯圖的人們」正沒有十分地，明瞭地觀察。然而放縱主義者的氛圍氣，團體主義者的氛圍氣，是創造最合於發達那頹廢底的性質的心情的土壤的。頹廢底的性質的心情和今日似的不可不戰的時代，先前未曾有。

試取里培進斯基為例來看罷。他的創作「明天」——作者雖然是「十月」派，又是無產階級作家——莫非真不是頹廢底的文學的標本麼？

自稱為無產階級文學，而這些和此外的作品，是很少新鮮潑剌的感情，自信，我們將由新經濟政策而赴社會主義的確信，却助長着疲勞和失望的心情。然而自稱「無產階級文學」的同志們，却跑了來，並且說，我們是揑着無產階級文學的代表權的。我們有向着他們這樣說的權利。「看看自己罷，你們本身裏面，果真沒有和在別的人們裏一樣，含着小資產階級底解體和頹廢的要素麼？」（座中之聲，「一點不錯！」）

爲從靠了勞動通信，農村通信，軍隊通信，以接近文學的，新的勞動者的大層之中，無產階級作家實際地分開，產生起見，我黨必須極接近這階層去，幫他們戰勝自己本身的無學，幫他們明白言語的技術和世界文學的好模範。要而言之，是幫他們學，這是「那巴斯圖的人們」沒有做的。

拉迪克 (K. Radek)

我也和同志瓦進一樣，不是文學者。（託羅茲基，『你是會做文章的。同志拉迪克，——這是謠言！』）所以在這里，是從我們最有興味的社會底見地，接近問題去。我想，「那巴斯圖的人們」是做了一件好事情，這是——打破了許多玻璃，使至今未曾對於文學的問題，加以十分注意的黨的廣大的範圍，此刻是不得不在或一程度上，將自己的注意轉過去了。

現今在俄國印行的書籍，應該指摘的事，是一百本中的九十九本——都不是共產主義底的書籍。我們的黨的機關報和雜誌，都不加批評。這些文學，大抵是毫無什麼批評地，自然流通底地，流入於黨的青年大衆裏面去的。在這里，就有小資產階級的環境的危險。怎樣纔可以克服這事的問題，現在便站在我們的面前。支持勞動階級出身的作家們的正在成長的 Generation 呢，還是支持那和勞動階級接觸的青年文士呢，這問題，在我們這里，自然，不會有什麼意見的不同的。然而怎麼辦，以怎樣的步調，用怎樣的方法？

我還記得符拉迪彌爾・伊立支（列寧）和我的關於無產階級作家問題的對話。符拉迪彌爾・伊立支（Vladimir Ilitch）這樣說，『有着天才的閃光的好的勞動者，恐怕要被破滅罷。人從自己的經驗來寫一本小說，便被抓着頭髮拖來拖去了。』他還比這說得更明白，『十個老婆子爲了要將他做成天才，誇揚着呀。就這樣地在使勞動者逐漸滅亡。』

假使我們爲了創造或一種的「巴普」和「墨普」創造一切種類的傾向，而且爲了給他們創造文學底氛圍氣起見，决計給與補助費，則我們就會因了這事，同志們，使好的勞動者滅亡。我要關於里培進斯基說一說。我看着里培進斯基的「一週間」的時候，這給了我非常強烈的印象。然而我想，不知道他能否再寫出一本和這相類的東西來，爲什麼呢，因爲這裏面是有經驗底的材料的，但從此以後，他能否拿出好東西來，却是疑問……我們的任務，是在不將這些勞動者作家們，從他們的環境提出。我們當然應該支持他們。我不知道我們能否人爲底地，來準備無產階級文學。但我想，爲了這事，須要求非常之多的東西。

問題之二，是關於「同路人」的。同志瓦浪斯基是實行了二十年頃所付給他的黨的方針了。在這幾年間，容納了「同路人」，將他們聯合，改造的任務，在站在我們面前的範圍內，任務是盡了的。

諸位當檢討新的文學現象的時候，對於他們，諸位好像是對於奇蹟一樣。然而爲了文化底的目的，可以利用的舊文學的巨大的團塊，是存在的。

就「同路人」而論，倘將畢力涅克現在所寫的東西，和他二十年所寫的東西一比較，便可以看出顯明的進步的痕迹，這事是應該指點出來的。發達是並非沿着一條綫進行的。在這里，有着文學底荒廢所難於替代的偉大的事業。然而文學底荒廢，在正當地設立了的任務上是最壞的計劃(Plan)。

普列忒內夫(W. Pletnev)

同志布哈林說，在我們這里，讀者有種種，作家也一樣地有種種。但我要說，在我們這里，應該不是種種，而有一樣的革命底馬克斯主義底批評。在辯士之中的誰也沒有說到的這一點上，我想促諸位同志的注意。到這里，就不消說，要和同志瓦浪斯基，和他的「作為生活認識的藝術」這本書有關係了。對於這問題，我是很感着興味的。拿那論文來讀下去，有着這樣處所，『行為底歷程是隨着認識底歷程的　。人先認識而後行為』云云。（瓦浪斯基的聲音，『請你讀細注。』）我是從頭讀到底的。（讀。）從這舉例，得了『人先認識』

的一個結論。然而同志瓦浪斯基是顯了十分認眞的相貌，寫着這個的。此後，他便開手依據培林斯基(Belinsky)了。自然，培林斯基呢——是當代的輝煌的批評家。所以要引用他，是可以的。但在同志瓦浪斯基那里，問題轉到藝術家的創作的時候，我們便看見，『藝術家者，是審視Idea(觀念)的』了。這是明明白白，寫在論文上面的。

其次，是同志瓦浪斯基的引用培林斯基，就是所謂「至今不動搖的」藝術創作的本質的靈感底的描寫——

『藝術家的創造，是一件奧妙的東西，——培林斯基說——藝術家還未執筆在手，已把要描寫的東西看得很清楚，他可以算數人的衣襞，也能算數表現憂愁，情熱，苦惱的額上的皺紋，並且他知道你們的父親，兄弟，朋友，你們的母親，姊妹，愛人比你們還要熟悉；他也知道他們要談什麼，做什麼，他審視着圍繞他們，互相連結的事件的一切的脈絡。』

同志瓦浪斯基是用了非常周到的注意，將那引用文的斷句的前兩行半删掉了，但在那裏面，培林斯基是這樣地說的——

『這樣，創作的主要的特質，是在玄妙的聰明之中，是在詩底的Somnambulism（夢游）之中』……

如果這眞如同志瓦浪斯基所確言，是「至今不動搖」的，那麽，我們就有權利來推想，在同志瓦浪斯基之中，有什麽東西動搖着了。

關於果戈理的論文，是一八三五年所寫的培林斯基的初期之作。但在一八三四年的「文學底空想」裏，培林斯基却將可以作爲當時的自己的批評的支柱的那哲學底的要點展開了。在這時代，黑格爾（Hegel）老人的影響尤爲顯著。培林斯基在這里，將自己的見解擴大，一直到文明。在這時代，培林斯基確言了『在藝術的創作，是無目的的，是無意識底的。』到後來，培林斯基又用了恰如確言時候一樣的斷然的態度，將這見解否定了。

『藝術家者，是審觀 Idea的人』——這是從那時代的培林斯基的見解，直接底地流出來的。但是，這有多少，是從對於藝術的革命底馬克斯主義底態度而來的呢——這一任諸位的判斷罷。

瓦浪斯基的著作的凡有這部分，——這是可以證明的，從頭到底，都帶着神祕的性質。於是對於反對他藝術的客觀底價值的一切的人們，瓦浪斯基便開手來分辯，他開始在這客觀底的眞理上，發狂似的咬住了。倘諸位通覽一遍現代的批評，你們便會看見這樣的事，就是在關於保羅夫，關於生物學和反射學說的問題的同志託羅茲基和什諾維夫的論文之後，要來支持這學說的嘗試，就載在「Rabochiy Journal」上，於是就在有產階級底批評裏面，確立起極其分明的方針來。Anna Karenina, Don Quixote,等等的科學底，反射學說底研究，是做起來了。這是在我們的注意之外的。當我對青年論述着關於批評的問題的時候，我已經遇到了向着社會學底地必要的，沒有馬克斯主義底照明的批評的生物學底分類，精神分析說，等等的傾向。我們面前，正站着極其重要的課題，這就是，極有注意於我們的批評的必要。說是『無產階級文學是不存在的。』却沒有想一想，無產階級詩人該拉希摩夫和別人，是從那里出來的呢。台明．培特尼是從那裏出來的呢？這是無產階級文學的批評麽？現在正有使我們的批評，站在鞏固的地盤上的必要。有使脚踏實地的革命底馬克斯主義批評，展伸開來的必要。對於批評方針的同路人的同路——雖然有同志瓦浪斯基的傾向在這里——那胎孕着的結果，是服從文學的或種一定部分的批評。鄉村的教員們讀了同志瓦浪斯基的論文，擁護着藝術的客觀底的價值。這里就有着大的危險性。在我們，所必要的，是革命底馬克斯主義底，唯一的，鞏固的批評。

託羅玆基 (L. Trotsky)

在我，覺得同志拉思珂耳涅珂夫，似乎將「那巴斯圖的人們」的見地，最明快地在這里都披瀝了——同志「那巴斯圖的人們」諸位，想來不會躲閃的罷！在長久的不在之後，拉思珂耳涅珂夫拿了一切阿富汗尼斯坦底的新鮮，在這里試行出面了。然而別的「那巴斯圖的人們」，却嘗了一點點智慧果，竭力隱藏自己的裸體——自然，現在還是生下來照樣的裸體的同志瓦進，那又作別論。（瓦進『但是，我在這里說了什麼，你不是沒有聽到麼！』）對的，我遲到了。然而，第一，我讀了登在近時的「那巴斯圖」上的你的論文。第二，我此刻剛纔火速地看過了你的演說的速記錄。還有第三——我可以說，倘是你的議論，那是沒有聽到也知道的。（笑。）

但是，囘到同志拉思珂耳涅珂夫那里去罷。他說着，『頻頻向我們推奬「同路人」，然而先前的，戰爭以前的「眞理」和「Zvezda」上，曾經登載過阿爾志跋綏夫和安特來夫以及別的人，倘在現在，一定被稱爲「同路人」之輩的作品沒有呢？』諸位，這正是對於問題的新鮮而不很思慮的態度的標本。阿爾志跋綏夫和安特來夫，那時有什麽必要呢？據我所知道，無論誰，沒有將他們稱過「同路人」。來阿尼特．安特來夫是死在對於蘇俄的熱病底的憎惡之中了。阿爾志跋綏夫簡捷地被追放到國外去，並不是怎麽陳舊的事。這樣胡亂地混淆起來，是不行的！所謂「同路人」者，是甚麽呢？在文學上乃至政治上，我們稱爲「同路人」者，是指在我們和諸位要一直前進的同一路上，拖着蹩脚，蹌踉着，到或一地點爲止，走了前來的人們。向和我們相反的方向去的，那就不是同路人，是敵人；將這樣的人們，我們是隨時驅逐出國的。爲什麼呢，因爲在我們，××的利益是最高的法律。究竟是怎麼着，你們竟會將安特來夫連到「同路人」的問題上去的呢？（拉思珂耳涅珂夫，『好，但是畢力涅克怎樣？』）倘若你說着阿爾志跋綏夫，想着畢力涅克，那我就不能和你來辯論。（笑。聲，『不是一樣的麼？』）爲什麼成了『不是一樣的麼』了？既然指出姓名來說，對於他們，諸位就不能不負責任。畢力涅克是好是壞，那里好那里壞——然而畢力涅克是畢力涅克，如果對於他要說話，應該不是像對安特來夫似的，要對於畢力涅克纔是。認識一般，是始於事物和現象的差別的。不始於這些的混沌的混同……。拉思珂耳涅珂夫說，『我們在「Zvezda」和「眞理」上，沒有招呼「同路人」。但在無產階級的大層的裏面，尋求詩人和作家，而且發見了。』尋求，而且發見了的！在無產階級底大層裏！那麼，諸位將他們放在那里了呢？你們爲什麽不將他們給我們看看呢！（拉思珂耳湼珂夫，『他們是在的，例如，台明．培特尼就是。』）哦哦，原來；但是我，照實說來，是萬想不到台明．培特尼是由你們在無產階級的大層裏面發見出來的。（哄笑。）看罷，我們是在提着怎樣的旅行皮包，走近文學的問題去，嘴裏是說着安特來夫，頭裏是想着畢力湼克。說是在無產階級的大層裏，發見了作家和詩人了，擺着架子。然而這全「大層」的證據，却只是一個台明．培特尼。（笑。）那是不行的！這叫作輕率。關於這問題，必須更加認眞些。

實在，對於現在在這里談起來了的革命以前的勞動階級的刊物，報章和雜誌，何妨再認眞一點地考察一下呢。我們大家，都記得在那裏面，獻給五一節及其他，戰鬥的詩頗不少。凡這些詩，以全體而言，都是極重要的可以注目的文化史底記錄。他們是表示着階級的革命底覺醒和政治底生長的。在這意義上，他們的文化史底意義，是毫不下於全世界的沙士比亞，摩理埃爾，普式庚們的作品的意義。在這些可憐的詩裏面——存着覺醒的大衆，將創造那獲得舊文化的基礎底的諸要素的時代的，新的，較高度的人類底的文化的萌芽。但是，雖然如此，「Zvezda」和「眞理」上的詩，決非便是新的勞動階級文學的發生的意思。譬如兌爾札文（Derzhavin）或兌爾札文以前的形式的非藝術底的詩句罷，卽使在事實上這些詩裏面所表現的思想和感情，有屬於出自勞動階級的環境的新作家們的，也決不能評價爲新文學。倘以爲文學的發達，是成着沒有斷續的連鎖，所以本世紀初的年青勞動者的雖然眞摯，却是幼稚的詩句，是作爲未來的「無產者文學」的最初環子的，那是錯了。在事實上，這些革命詩，也是政治上的事實，而非文藝上的事實。他們並非在文藝的發達上給了力量，是在革命的生長上給了力量。××將無產階級引到勝利，勝利將無產階級引到經濟過程的變革。經濟過程的變革，則更換勞動大衆的文化底姿容。勞動階級的文化底成長，是建立爲新文學，以及爲一般新藝術的眞實基礎的。『然而不能容許二元性。——同志拉思珂耳涅珂夫對我們說——在我們的刊物上，政論和詩，應該作爲一個的全體而發表。波雪維克主義，是以單元底的事爲特長的。——粗粗一看，這考察似乎不能反駁。但是，其實呢，這——不過是空虛的抽象論。弄得好，這——是虔敬，然而是不會現實底的希望。自然，倘能夠有表現於藝術底的形式上的波雪維克底世界感覺，作爲我們共產主義底的政策和政論的補益，那是很好的。然而沒有，也無怪其沒有。問題的所在，是完全在凡有藝術創作，在那本質上，都比人類的——尤其是在階級的時候——精神的表現的別的方法遲。理解了或一事情，將這論理底地表現出來，是一件事，但是——將這新的東西，組織底地作爲我有，改建自己的感情的秩序，於是發見出爲這新秩序的藝術底表現來，是另外一件事。第二的歷程——是較組織底地，較緩慢地，因此又較困難地，跟着意識活動的，——所以到底，總是遲了。階級的政論，是騎着竹馬在前面跑，藝術創作是在這後面拄着松葉杖，拖着蹩脚在走的。馬克斯和思格勒，豈不是無產階級還未眞正覺醒的時代的偉大的政論家了麼？（座中的聲音，『是的，這一點不錯。』）多謝多謝。（笑。）然而從這事實，就引出必要的結論來，但願用些力，來想通那政論和詩之間，何以並不存在這單元性的道理罷，那麽，這回於我們何以常在舊正統馬克斯主義雜誌上，有時對於很是可疑的，否則便是全然虛僞的藝術底「同路人」，做着滑車或半滑車的職務的事實，也就容易明白了。你們自然都記得「(Novoe Slovo」——這是雖在舊正統馬克斯雜誌中，也居第一流的，前代的馬克斯主義者的多數，都曾在這里工作，Vladimir Ilitch也是協力者的一人。大家都知道，這雜誌，和頽頹廢派是有友交關係的。用什麼來說明這事實呢？就用頹廢派在那時候，是有產階級文學的年青的正被迫害的潮流這回事。而這迫害，便逼他們傾向我們的黨派這邊來了，這自然，雖說是全然兩樣的性質。然而頹廢派，也還是我們的一時底的「同路人」。這樣，自此以後，馬克斯主義雜誌（半馬克斯主義的雜誌，更不消說了）是直到「Proseshchenie」爲止，並沒有怎樣的「單元底」文藝欄，一向對於「同路人」，是給與廣大的紙面的。關於這一點，是較嚴緊，或者正相反，是較寬大，那是做到了的，但在藝術的領域上，施行「單元底」政策的事，却因爲缺少着爲這事所必要的藝術底要素，沒有做到。

但在拉思珂耳湼珂夫，這樣的事是不算問題的。關於藝術作品，他將恰使這些成爲藝術品的東西，都不放在眼睛裏。這事情，在他那可以注目的關於但丁的議論裏，表現得最分明。「神曲」者，據他的意見，是只因了理解或一時代的或一階級的心理，於我們是有價値的。這樣地設立起問題來——那意思就是輕易將「神曲」從藝術的領域抹殺。這樣的時代，會到來也難說，然而當此之際，却很有明明白白地懂得問題的性質，不怕結論的必要的。如果「神曲」的意義，只在使我懂得或一時代的或一階級的心情這一點，即此我便將這當作單是歷史底記錄了，爲什麼呢，因爲「神曲」作爲藝術作品，是對於我自己的感情和心緒，須是說給些什麼的。但丁的「神曲」，是能夠壓迫底地作用於我，在我的內部，育養 Pessimism（悲觀主義），憂鬱的；或者又正相反，能夠使我高揚，使我飛翔，給我鼓舞……。這是存在於藝術作品和讀者之間的基本底的相互作用。自然，對於讀者的作爲一個研究家，將「神曲」當作單是歷史底記錄來辦理的事，是並不禁止的。然而這兩個態度，是橫在不同的面上的，雖然互有關係，而不能以此掩彼，却明明白白。我們和中世意大利的作品之間，並非歷史底的，而是直接底的美底關係，是怎樣地得能成立的呢？這事的解釋，就是在分爲階級的社會裏，雖經一切變遷，而其間有或種共通的性質存在。中世意大利都市上所發達的藝術作品，在事實上，也能夠感動我們。這要怎樣纔行呢？很容易的，只要這些感情和心緒，容受那遠超着當時的生活制限的，那廣大，緊張，強有力的表現就好了。自然，但丁呢——也是一定的社會底環境的所產。然而但丁——是天才。他將自己的時代的經驗，舉在巨大的藝術底的高度上。所以如果我們一面將別的中世的藝術作品，僅僅看作單是研究的對象，而對於「神曲」，作爲藝術底鑑賞的源泉，則那是並非因爲但丁是十三世紀的弗羅連斯的小資產階級，很不因爲這緣故的。試取所謂死之恐怖，這一種本原底的生物學底的感情來做例子罷。這感情本體，是不獨人類，在動物也具有的。在人類，最初發見了粗雜的表現，後來，是藝術底的表現。在各各時代裏，在各各社會底環境裏，這表現是有變化的，就是對於這死，人類是各式各樣地恐怖。但是雖然如此，關於這事，不但莎士比亞，裴倫，瞿提（之所說），便是聖詩的歌者之所說，也還是一樣地打動我們的心。（里培進斯基的聲音。）哦，哦，我正要講到你，同志里培進斯基用了權術底漂亮的用語，（你自己纔這樣說法的。）向同志瓦浪斯基去說明各階級間的感情和心緒的變化的處所了。以那樣的一般底的形態而言，那是不可爭論的事實。然而，莎士比亞和裴倫，在我們的心頭訴說着什麼事，你也還是不能否定的罷。（里培進斯基，『訴說也立刻要停止罷。』）是否立刻呢——不得而知，但人們對於沙士比亞和裴倫的作品，也要如對於中世的詩人們一樣，將特以科學底歷史底分析的見地，來接近牠，是無疑的。然而，一直在這以前，也將到了這時候，不再從「資本論」中搜尋自己的實踐底行動的教訓，於是「資本論」也如我黨的課目一樣，都成爲僅是歷史底記錄了。但是，在現在，我們和你却還不想將莎士比亞，裴倫，普式庚提交亞爾希夫，還要勸勞動者去讀讀這些哩。例如同志梭司諾夫斯基就熱心地勸人看普式庚，說是五十年左右一定還是很穩當的；時期呢，還是不說罷。然而因了什麽意義，我們向勞動者勸看普式庚呢？無產階級底立場，在普式庚那里是沒有的。至於共產主義底的心情的單元底的表現，那就更沒有。自然，普式庚有優美的詞句——這是無須說得的——然而這詞句，在他，豈不是用以表現貴族社會的世界觀的麽？難道我們向勞動者這樣說，你看普式庚罷，爲了瞭解那貴族的，農奴的所有者的，一個侍從官怎樣地邈春送秋麽？自然，這要素，在普式庚那里也具有的，爲什麽呢，就因爲普式庚是生長在一定的社會底基礎上；然而普式庚給與自己的心情的那表現，却爲幾世紀間的藝術底的以及心理底的經驗所充滿，所綜合，直到我們的時代，還是充分，照梭司諾夫斯基的話，是五十年還很穩當的。所以如果有人對我說，但丁的「神曲」的意義，在我們，是因他表現着或一特定時代的生活而定的，那麽，我就只聳一聳肩。我相信，許多人們也如我一樣，當讀但丁之際，爲要想起他出世的時代和處所來，非將記憶非常地非常地緊張不可，但是，雖然如此，這於受取從「神曲」，縱使不是從全部，只是從那幾部分而來的藝術底歡喜，是並無妨礙的能。只要我不是中世的歷史家，則我對於但丁的態度，是特爲藝術底的。（略薩諾夫，『這是誇張。「讀但丁者——如泳大海。」——勗惠萊夫曾這樣反駁過培林斯基，他也是反對歷史的。』）我並不疑心勗惠萊夫可曾如同志略薩諾夫所說，實在這樣說了沒有，然而我是並不反對歷史的，——這是徒勞。自然，對但丁的歷史底態度，是正當的，是必要的，而這於我們對他的美底態度，也有影響，但要以彼易此，是不可能的。關於這一點，我記起凱來雅夫在和馬克斯主義者的論爭時所寫的事來，他說，叫他們 Markid（那時是譏笑底地這樣稱呼Marxist的）來證明「神曲」，是貫串着怎樣的階級底利害的罷。在別一面，則例如意大利的馬克斯主義者，安多尼・拉孛理烏拉（Antonio Labriola）老人，這樣地寫着：『要將神曲的句子，和弗羅連斯的商人們送給買主的羽紗的帳單一樣地來解釋，是只有蠢才纔會做的事。』將這些句子，照樣暗記着，是因為在先前，我和主觀主義者的論爭的時候，引證過好幾回的。我想，同志拉思珂耳涅珂夫是不獨對於但丁，即一般地對於藝術，都不用馬克斯主義底規準，却用了將諷畫（Caricature）給與馬克斯主義的故人勖略契珂夫的規準，走近前去的。對於這樣的諷畫，拉孛理烏拉就說了他那強有力的話。（1）

（1）現在一句不漏地，將拉孛理烏拉對於那些使馬克斯的理論變質，成為紙版和無所不合的鑰匙的單純的頭腦的人們，所下的精力底的警告，引在這里：『怠惰的頭的所有者們——馬克斯主義的優秀的意大利的哲學者寫着——高高興興滿足於這樣的宣言，將一切科學，都嵌進那由數個命題所成的要領中，而且有只藉一個鑰匙之助，便可透澈了生活的一切祕密的可能；將倫理，美學，言語學，歷史底批評和哲學的一切問題，歸在僅僅一個的問題裏，以逃避所有的困難，這在一切穩當而且因而恬淡無慾的人們，是怎樣的歡喜，怎樣的慰樂呵！蠢才們用了這樣的方法，可以將一切的歷史弄低到商業算術的程度，而結局，則但丁的戯劇的新研究，將會給我們以這樣的觀念，說是「神曲」不過是狡猾的弗羅連斯的商人們為自己的厚利而賣掉的羽紗賬單了！」

實在是寫得好極的！

「無產階級文學云者，我的解釋，是用了前衞的眼，來看世界的文學」等，等。這是同志烈烈威支的話。很好的，我們有着採用這定義的準備。話雖如此，不要單是定義，也將文學給我們罷。這在那里呢？請將這給看一看！

（烈烈威支：『「Comsomolia」——這是最近的傑作。』）什麼時候的？（座中的聲音，『去年的。』）是了，去年的，那很好。我不喜歡論爭底地說話。對於培賽勉斯基的勞作的我的態度，我想，是決不能稱爲否定底的。我還從原稿上讀了「Comsomolia」，就非常稱讚。然而，卽使將能否因此宣言無產階級文學的出現，作爲另外的問題，我還要說，假使我們這里現在沒有了瑪亞珂夫斯基，派司台爾那克，乃至雖是畢力涅克，則作爲藝術家的培賽勉斯基，在這世間是不存在的罷。（座中的聲音，『這並不證明着什麼事。』）不然，這是，至少，證明着賦與的時代的藝術創作，是呈着極複雜的織物之觀的，這並非自動底地由團體底，特殊研究會底的方法所作，首先——乃是藉了同路人們和各種團體的複雜的相互作用，而創造出來的東西。從這里跳出，是不行的，培賽勉斯基並沒有跳出。所以，是好的。在他的或種作品上，「同路人」的影響竟至于太明瞭。然而這是幼小和生長的難避的現象。「同路人」之敵的同志里培進斯基自己，現就模倣着畢力涅克，或竟是白萊(Andre Belii)。是的，請雖然未必抱着大的確信，却否定底地搖着頭的同志阿衞巴赫寬容我罷。里培進斯基的最近的小說「明天」，是現着平行四邊形的對角線的，一面是畢力涅克，別一面是安特來．白萊。單是這樣，那還不算什麼不幸。在實際上，里培進斯基該是不能作爲成就的作家，生在「那巴斯圖」的地土上的。（座中的聲音，『這還是很不毛的地土呀。』）關于里培進斯基，我當他「一週間」的最初的發表之後，就已經說過了。那時候，布哈林是，如大家所知道——因爲他自己的性質的直爽和善良，非常之稱讚，但那稱讚，却使我喫了驚。現在呢，我是不得不指摘在同志里培進斯基——他，以及他的同志們，和「那巴斯圖」所詛呪的「同路人」以及半同路人的作家本身之間的很大的關係的。這樣子，諸位就再看見藝術和政論，往往不是單元底的了！我決不是要由這一點，在同志里培進斯基上頭豎起十字架來。我們共同的義務——是在用了甚深的注意，來對思想和我們相近的藝術底才能，倘使這在戰鬬上是我們的同僚，那就更加一層了。我想，這事在我們的全部，是明明白白的。這樣的注意甚深的愼重態度的第一個條件——是時機未到，就不稱讚，不吹滅自己批判。第二個條件——是有誰蹟絆了的時候，不要卽刻在那上面竪起十字架。同志里培進斯基是還很年青的同志。他還得勤勉，長大起來。卽此一端，便可知畢力涅克之必要了。（座中的聲音，『在里培進斯基是必要呢，還是在我們呢？』）總之，首先——是在里培進斯基。（里培進斯基，『然而，這是我被中毒於畢力涅克的意思呵。』）沒有法子，人類這一種有機體，是一面中毒，一面完成着對於那中毒的內部底手段，長大起來的。在那里是有生活的。如果將你乾燥到像裏海的鯉魚一樣，那時候，中毒是沒有了罷，但長大也沒有了罷，大抵是什麽也沒有了罷。（笑。）

同志普列忒內夫在這會上，以辯護他自己的關於無產階級文化和其構成底一部的——無產階級文學的抽象論的主意，引用了 Vladimir Ilitch的話，來反駁我。確是好本領！有在這里停一停的必要的。最近，普列忒內夫，鐵捷克，希梭夫的幾乎不妨說是做成一本書了的東西出版了，在那裏面，無產階級文化由反對託羅茲基的列寧的引證，受着辯護。這種方法，近來是很流行的。關於這題目，同志瓦進是能夠寫一篇大論文的罷。然而這究竟是怎麼一回事，你，同志普列忒內夫該是很明白的。爲什麼呢，因爲你自己就爲了要躲避你覺得爲「無產階級文化」計，而將完全鎖閉 Proletcult（無產者教育機關）的 Vladimir Ilitch 的大雷，曾經到我這里來求過救。於是我對你確切聲明， Proletcult 大約是要給立起一個基礎，加以擁護，但關於波格達諾夫 (Bogdanov) 底抽象論，則我對於你以及你的辯護者布哈林全然反對，而完全與 Vladimir Ilitch 同意的。

除政黨底傳統的活化身以外，一無所有的同志瓦進，是不惜最橫暴地，踏爛列寧所寫的關於無產階級的東西的。說是假的信仰，大家都知道，在這世間還不少，和列寧確實一致了，所以即使宣傳那正反對，也可以的。說是列寧是毫不寬假地，用了絕不許用別種解釋的用語，非難了「關於無產階級文化的空言」。但是，要躲開這證據，却比什麼都容易。自然，列寧是非難了關於無產階級文化的空言的，然而他之所非難者，是空言，而我們却並不作空言。我們豈不是認眞地辦着事務，而且還至於感到了光榮麼，云……。這時候，所忘記了的事，是這激烈的非難，列寧却正用以對那引用他的說話的人們的。假的信仰，再說一遍罷，要多少就有多少，只要引證列寧，正反對地行動也可以。

在無產階級文化公司這名目之下，來到這裏的諸位同志們，對於另外的思想，是依照着這些思想的作家們對於 Proletcult 的集團表示着怎樣的態度，然後來決定自己的態度的。這是從我自己的運命看來，已經見得很確實。關於文學的我的書籍，最初，有些人們或者還記得的罷，是用了論文的形式，在「眞理」上發表的。這書費了兩年工夫，我在兩回的休養期中寫好。這事情立刻就明白，對於成爲我們的興味中心的問題，是有意義的。當以 Fuilleton（評林）的形式，這書的第一部，卽批判十月革命以外的文學「同路人」和農民作家的部分，曝露「同路人」們的藝術底思想底立場之狹隘和矛盾的部分，出現的時候，那時候，「那巴斯圖的人們」便將我當作盾牌，耍起來，無論那裏，到處是我的關於「同路人」的論文的引用。暫時之間，我是很憂鬱了的。（笑。）我的「同路人」的評價，我再說一遍罷，是大家以爲大概沒有什麼不對，便是瓦進自己，也沒有反對的。（瓦進，『現在也不反對的。』）我就要說這件事。但是，既然如此，你現在為什麼又間接地，曖昧地，關於「同路人」弄些議論出來了呢？這究竟是什麼緣故呢？粗粗一看，總是不能懂。然而說明是簡單之極的。我的罪，並不在我不正當地決定了「同路人」的社會性或他們的藝術的意義——我們聽見同志瓦進現就說，『現在也不反對的。』——却因為我對於「十月」或「鍛冶廠」的宣言不表敬意，不承認在這些企圖上，無產階級的藝術底利益的獨占底代表權——用一句話來總結，就是我的意思，不將階級的文化史的利益及任務和個個的文學底團體的企圖，計畫及要求，視為一致，所以就不對了。我的罪便在此。這事情一經明白的時候，那時候，因為失了時機，所以就起了出乎意料之外的喊聲。託羅玆基是——幫助着小資產階級的「同路人」了！我於「同路人」，是幫手，還是敵人呢？在怎樣的意義上——是幫手，又在怎樣的意義上——是敵人呢？這是諸位在兩年以前，讀了我的「同路人」論，大概已經明白了的。　然而你們那時是贊成了，　稱讚了，引證了，喝采了。但是，過了一年，一知道我的關於「同路人」的批評，並非單是爲擁護某一個現在的修業時代的文學底團體的時候，於是這團體，或者較爲正確地說，則這些團體的文學者們和辯護者們，便對於我對「同路人」的彷彿像是不正當的態度揑造出一個理由來。阿阿，戰略呀！我的罪，不在我偏頗地評價了畢力涅克或瑪亞珂夫斯基，——關於這一點，「那巴斯圖的人們」並不添上什麼去，但只無思慮地反覆着所說的話——我的罪，是在我將他們的文學底宣言，掛在脚尖上了。是的，文學底宣言呵！他們的挑釁的批評裏，無論那裏，連階級底態度的影子也沒有。　在那裏，　只有正在競爭的文學底團體的態度罷了——惟此而已。

我論過「農民作家」。而我們於此，却聽到「那巴斯圖的人們」尤爲稱讚着這一章。單稱讚，是不夠的，倘不懂，就不行。當此之際，農民作家的「同路人」者，是什麽意義呢？成爲問題的，是在這現象决非偶然，也並非小事，也不會卽刻消失。在我們這裏，無產階級的獨裁，是行於概由農民所住的國度裏的。我希望不要忘記了這一點。介在這兩階級之間的智識階級，就恰如落在石磨中間東的西一般，漸被磨碎一點，而又發生起來，要磨到完全消滅，是不會有的事。就是，還要作爲「智識階級」，長久地自己保存着，一直到看見社會主義的完全的發達和國內全部居民的文化最顯著的高揚。智識階級大概是服務於勢動農民王國，而對於無產階級，則一部分因恐怖而服從，一部分由良心而服從，依情勢的變化，屢次動搖而又動搖的罷。而每當自己動搖，便向農民的內部，去尋求思想底支持——從這裏，就發生農民作家的蘇維埃文學。這豫想，如何呢？這在我們，是根本底地敵對底的麽？這路——是向我們這邊來，還是從我們這邊去的呢？這是由發展的大體底的過程怎樣，而決定的？無產階級的任務，是在一面保存着對於農民階級的統制權，而引導他們到社會主義去。倘若我們在這一條路上失敗了，就是，倘若無產階級和農民階級之間生了龜裂了，則那時候，農民作家底智識階級也一樣，全智識階級的百分之九十九，要反叛無產階級的罷。然而這樣的結果，無論如何是不會發生的。因爲我們倒是取着在無產階級的指導之下，引農民階級到社會主義去的方針。這路，是長得很，長得很。在這過程中，無產階級和農民階級，都要各各分出自己的新的智識階級來的罷。不要以爲從無產階級的內部分出的智識階級，就都是十足的無產底智識階級。只要看無產階級已經不得不從自己裏面，分出「文化底的勞動者」的特殊的階級來這一個事實，就可見其餘的作爲全體的階級和由此分出的智識階級之間，不可避免地有或大或小的文化底懸絕。倘在農民底智識階級，那就更甚了。農民階級的向社會主義的路，和無產階級的路，全然不同。凡智識階級，卽使是道地的蘇維埃底智識階級，要使他自己的路，能夠和無產階級前衞的路一致爲止，大概還須在接續努力，想從現實的或想像上的農民裏面，尋出爲自己的政治底，思想底，藝術底支持之後的罷。在舊的國民主義底傳統尙存的我們的文藝上，就更甚了。這是我們的幫手呢，還是我們的敵對呢？再說一遍。那回答，是全屬於發展的今後一切走法之如何的。倘若將農民坐在無產者的拖船上，引向社會主義來，那麼，我們確信，該會引來的，然則農民作家的創作，也將由複雜的屈曲的路，合流於未來的社會主義藝術的罷。(1)對於問題的這複雜性，以及和這同時，那複雜性的現實性和具體性，並不說只是「那巴斯圖的人們」，竟全然沒有理解。他們的根本底的謬誤就在此。將這社會底基礎和豫想，置之不顧，而來談「同路人」那不過單是搖脣鼓舌罷了。

〔1〕和這基礎底的階級底相互關係一同，在我們這里，還有和在新經濟政策的基礎上的資產階級的成長相關連——沿着舊的轍迹——而正見資產階級底意識形態的蹶起。這自然也使藝術創作悶死的。就因爲這意義，所以我在自己的著作中說過，在我們，和要有藝術領域上的有彈力而透徹的政策一樣，也必要有決定的嚴重的，自然，却並非匣子式的檢閱制度。這意思，就是說，爲對於小資產階級底，農民底智識階級的較好的創作底分子，給以影響起見，要有不絕的理論鬭爭，而我們同時也必要有毫不假借的政治鬭爭，以對付想將嶄的蘇埃維藝術，屈服於資產階級底影響之下的反動主義者們的一切的企劃。

諸位同志，文學領域上的同志瓦進的戰術，雖是以「那巴斯圖」的他那最近的論文爲基礎的，但還請容許我再說幾句話罷。使我說起來，那並非戰術，是汚蠛！調子傲慢到出奇，知識和理解却稀少得要死。並無藝術的，即作爲人類創作的特殊領城的藝術的理解。也沒有藝術發達的條件和方法的馬克斯主義底理解。但倒有引用外國白黨機關報的不像樣的戲法。看罷，他們爲了由同志瓦浪斯基而出版的畢力涅克的作品，稱讚瓦浪斯基了。其實倒是不能不稱讚的。其實倒是說了一些什麼反對瓦進，所以是幫助瓦浪斯基，還有另外的這樣那樣——這舉動，是出於所以補救知識和理解之不足的——間接射擊的同一精神的。同志瓦進的最近的論文，那立論之點，就在說白黨的報紙，以爲一從瓦浪斯基以文學底見地，接近文學去，而一切鬬爭，便完結了云云，是反對瓦進而讚助瓦浪斯基的這一件事上。『同志瓦浪斯基，是因了自己的政治底行動——瓦進這樣說——全然値得這白黨的接吻的。』但是，這是低級的中傷，何嘗是問題的分析呢！如果瓦進算錯了九九，而瓦浪斯基在這一點，却和懂得算術的白黨一致，即使如地，在這里也不能有瓦浪斯基的政治底名聲的損失的。是的，於藝術，必須像個對藝術，於文學——必須像個對文學，即像個對於八類底創作的全然特殊的領城那樣，去接近的。自然，在我們這里，對於藝術，也有階級底立場，然而這階級底立場，一定須是藝術底地屈折着的。就是，須是和適用着我們的規準的創作的全然特殊底的特殊性相應的。有產者很明白這事。他也從自己的階級底見地觀察藝術。他知道從藝術收受他所必要的東西。但是，這是完全因爲他將藝術看作藝術的緣故。能夠藝術底地讀書寫字的有產者，並不尊敬那不以藝術底階級底規準，却從間接底政治底告發的見地，去接近藝術的瓦進，那又有什麼希奇呢，在我，假使有可羞的事，那是並不在我當這論爭之際，也許見得和理解藝術的白黨有形式底一致，倒在向着那當白黨面前議論藝術的黨派底政論家，還不得不說明藝術的ＡＢＣ的最初的字母。就大體而言，於問題不行馬克斯主義底分析，却從「盧黎」呀「陀尼」裏面，尋出引用文句來，於是在那周圍，又堆上漫罵和中傷去，這是多麼沒有價值呵！

對於藝術，要接近，是不可像對於政治一樣的，——這並非如誰在這里用反話所說的那樣，因爲藝術創作是神聖，是神祕，倒是因爲她自有其本身的手法和方法，而這首先是因爲在藝術創作上，意識下的過程是搬演着重大的脚色的——這是緩慢，怠惰之處較多，而服從統制和指導之處較少——大概，就因爲這是意識下底的東西的緣故。在這里，曾說，畢力涅克的作品，凡較近於共產主義的，和政治底地較遠於我們的他的作品比較起來，力量要較弱。這將怎樣地來解釋呢？這是，因爲畢力涅克在合理主義底的計畫上，追過了作爲藝術家的自己之前的緣故。只要意識底地，在自己本身的車軸的周圍，將自己旋轉四五囘——這事，在藝術家，便往往是深刻的，有時是還和致命底危機相連結的最困難的問題。然而站在我們的前面者，並非個人或團體的，却是階級底社會底轉換的課題，這過程，是長期間的，是極複雜的；當我們議論之際，如果關於無產階級文學，我們所說的並非各個獲得一些成功的詩或小說的意思，却是像我們議論有產階級文學的時候一樣，遠是全部底的意思，則我們雖一瞬息間，也沒有權利，來忘却無產階級的壓倒底多數，文化底地是非常落後的事情。藝術，是被創造於階級與其藝術家們之間的無間斷的生活底，文化底，思想底相互作用的基礎之上的。貴族或有產階級和那藝術家之間，未曾有過日常生活底分離。藝術家曾住在，也正住在有產階級底生活樣式的裏面。吸着有產階級的客廳的空氣，從自己的階級，曾受着，也正受着日常生活的皮下注射。藉着這些，而他們創作的意識下的過程，得以長發。現代的無產階級，可曾創出那樣文化底，思想底環境來呢，不脫日常生活的這般的環境，而藝家能受他所必要的注射，並且同時能有自己的創作的手法那樣的？並不，勞動階級是文化底地很落後，只是勞動者的大多數不很識字，以及全不識字的事，便是在這路上的最大的障礙。況且無產階級呢，只要他是無產階級，便不得不將自己的較好的力量，硬被消費於政治鬪爭上，輕濟的復興和最要緊的文化底要求上，對於文盲，不潔，黴毒和其他的鬪爭上。自然，無產階級的政治底方法，革命底習慣，也都可以說是他的文化的，然而這些，要之，是在新的文化發達起來，便當死滅下去的運命之中的文化。而這新的文化，則是當無產階級不過是無產階級的事，較爲減少的時候，也就是，社會主義較爲迅速地，並且較爲完全地，展布開來的時候，當那時候，便愈是文化的東西。

瑪亞珂夫斯基曾經寫了「十三個使徒」這一篇強有力的作品，那革命底性質，是還是頗爲曖昧，頗爲漠然的。然而同是這瑪亞珂夫斯基，一經轉換方向，到無產者戰線上，而寫了「一億五千萬」的時候，在他那里，便顯現最慘濟的合理主義底沒落了。這就因爲他在理論上，追過了自己的創作底裏骨子之前的緣故。在畢力涅克那里，也如我已經說過那樣，也可見意識底精進和創作的意識下過程之間的全然相像的不一致。在這里，還有附加一點這樣的事的必要。就是，即使是道地的無產者底出身，但只有一層，在今日的條件之下，却還不能給作家以怎樣的保證，說是他的創作和階級是有有機底關係的。無產階級作家的團體，也做不成這保證。那理由，即在他埋頭於藝術底創作之際，便被在所給與的條件上，從自己的階級的環境拉開，弄到底，還是沒法，要呼吸「同路人」亦復如此的一樣的氛圍氣的。這是——團體中的文學底團體。

關於所謂豫想，我本來還想說些話，但我的時間，早已過去了。（聲音，『阿呀阿呀。』）人催逼我，『至少，單將豫想給我們罷！』這是什麽意思呢？「那巴斯圖的人們」以及和他們同盟着的團體，也取着要由團體底的，實驗室底的路，以到達無產階級文學這一種方針的。惟這豫想，我是全然否認的。我再說一遍，將封建時代的文學和有產階級文學和無產階級文學，歷史底的系列地排起來，是不可能的。這樣的歷史底分類，是根本底地不行的。關於這事，我已經寫在自己的著作上了，而一切駁論，從我看來，只覺得都曖昧而不認眞。將無產階級文化，正經地講得很長，從無產階級文化，製造着政綱的人們，對於這問題，是在從和有產階級文化的形式底類似，加以考察。以爲，有產者是取得權力，而創造了自己的文化；無產階級掌握權力了，所以將創造無產階級文化罷。然而，有產階級——是富裕的階級，也因此是具有教養的階級。有產階級文化，是在有產階級形式底地掌握權力以前，已經存在的。有產階級，是因爲要使自己的國家恆久化，所以握了權力的。而在有產階級社會中的無產階級——則是一無所有的被掠奪的階級，所以不能創造自己的文化。待到握了權力之後，他纔實在確信自己的在可以戰慄的狀態上的文化底落伍，爲克服這事起見，他必須將使他保存着自己以成階級的這些諸條件，加以破棄。關於新的文化，可以稱道的事愈多，則那文化，大概是帶階級底性質也愈少。在這里——問題的根本和論爭，就有僅僅關於豫想的主要的見解的不同。有些人們，是從無產者文化的原則底立場倒退，說道，我們是只將進向社會主義的過渡時代——改造有產階級世界的那些二十年，三十年，五十年間，作為問題的。在豫定給無產階級的相當的這時代，創造出來的文學，得稱無產階級文學的麽？要而言之，這時候，我們在「無產階級文學」這用語上，是全然不將含有第一義底的廣義的意思，添加上去的。從國際底觀點看來的過渡時代的根本底性質，是緊張的階級鬬爭。我們所議論着的那些二十年，五十年，首先，是市民戰的時代。準備着未來的偉大的文化的市民戰，於今日的文化，是很不利益的。十月革命，是因為那直接底的行動，將文學殺掉了。詩人和藝術家，是沈默了。這是偶然麽？並不是。一直先前，就有老話的：劍戟一發聲，詩人便沈默。要文學的復活，休息是必要的。在我們這里，是和新經濟政策一同，這纔復活起來。而活過來一看，這可完全塗着同路人們的色彩，不顧事實，是做不到的。最緊張的瞬間，就是我們的革命時代遇見了那最高的表現的時候，對於文學和一般藝術底創作，沒有什麽好處。假如明天，卽使在德國或歐洲××就開始，這可是將無產階級文學的直接的開花，給與我們呢？決不給的。這將要將藝術創作壓碎，使藝術創作凋零，爲什麽呢，就因爲我們將不得不再行全部動員，不得不武裝起來了。然而劍戟一發聲，詩人們沈默。（聲音，『台明是沒有沈默的。』）無論什麽時候，總是台明台明，這怎麽好呢？你們是宣言無產階級文學的新時代的，說是爲此，所以在作團體，聯盟，集團。然而一向你們要求那較爲具體底的無產階級文學的表示，你們就總是肩出台明來。但是，台明——乃是十月革命以前的舊文學的所產呵。他未曾創造了什麼派，也未必再創造罷。他是由克理羅夫（Krylov），果戈理（Gogol），以及涅克拉梭夫（Nekrasov）養育出來的。在這意義上，他是我們的舊文學的革命底結末兒子。肩出他來，就是將自己否定了。

如果這樣，那麼，那豫想，是怎樣的呢？基本底的豫想——便是教育，文明，勞動通信，電影的發達，漸次底的生活的改造，文化的高揚。這是和在歐洲及全世界上的市民戰的新的銳利化互相交錯着的基礎底的過程。站在這基礎上的純文學底創作的線，大概是極爲電光形底的罷。「鍛冶廠」，「十月」以及別的類似的集團，無論在什麼意義上，都還不是無產階級的文化底階級底創作的路標，但只是皮相底的性質的閑文。縱使從這些集團中，出現了三四個有才能的年青的詩人或作家，無產階級文學還沒有因此就被接收過去，但利益是有的罷。然而，如果你們想將「墨普」和「域普」作爲無產階級文學的製造廠，那你們恐怕會像曾經倒塲的一樣，將要倒塲。這樣聯盟的會員，倒自以爲是藝術分野上的無產階級的代表者，無產階級陣營中的藝術的代表者。「域普」是看去好像要給一種稱號似的。「域普」是在抗辯，以爲不過是共產主義底環境，年青的詩人從此受取那必要的啓發的。那麽，R. K. P.（俄羅斯共產黨的略稱）呢？假如這是眞的詩人，眞的共產黨員，則R. K. P. 會盡其全力，給他比「墨普」和「域普」要多得很遠的啓發的罷。自然，黨是要以最深的注意，來對各各的年青的近親，思想底地和這相近的藝術底才能的。然而關於文學和文化的他的根本底的任務，是在提高勞動大衆的普通的，政治底的，學術底的——讀書力。

我知道這個豫想，是未必能使諸位滿足的。這在諸位，會覺得不夠具體底似的。爲什麼呢？因爲你們自己，將將來的文化的發達，想像得太計劃底的了，太進化論底的了。以爲無產階級文學的現時的始源，會沒有間斷地豐富起來，一面生長上去，發達上去罷；眞實的無產階級文學，將被創造出來罷；於是這還要流到社會主義文學裏去罷。並不然，發達大概是並非這樣地進行的。今日的休息之後——這是就我們這里而言——並非在黨內，是在國度內——是由「同路人」所作的染得很深的文學的時候，在這今日的休息之後，則市民戰的新的殘酷的痙攣的時代，將要到來的罷。無從避免地我們將被這所拉去罷。革命詩人將以好的戰歌給我們，那是確鑿能夠的，但是，雖然如此，文學底繼承恐怕還要截然斷絕。全部的力，都要前去，向那直接的鬬爭罷。這之後，我們有否第二的休息呢？我不知道。然而，這新的，更加強烈的市民戰的結果——若在勝利的條件之下——那是我們所經營的社會主義底根柢的完全的安定和強固罷。我們要受取新的技術，組織底的助力罷。我們的發達，將以別樣的步伐前進罷。其實，惟在這基礎之上，而當市民戰的電閃和震撼之後，這纔是文化的眞的建設，還有新文化的創造，也將接着開始起來吧。但是，這個，大概已經是用了連帶的鐵鎖，和藝術家結合的，建立在和文化底地成長圓滿的大衆，完全而不絕的交通之上的，社會主義底文化了。然而諸位並不從這豫想出發。在你們那里，有自己的，團體底豫想。你們希望本黨以階級的名義，公許底地，將你們的很小的文藝底製造所當作義子。你們以爲將荼豆種在花瓶裏，便可以培植出無產階級文學的大樹來。在這路上，我們未必來站罷。從荼豆裏，是什麼樹也不會生長出來的。

羅陀夫(S. Rodov)

並非仗同志託羅茲基，問題纔得提起，原是被提起着的。如果我們在這里，單要決定從這個那個的作品，是天才底的呢或非天才底的呢這一個觀點，接近文學去，則無須「在這里」，而該到社會科學大學，或者另外的文學底機關，也許到藝術科學學院裏去開會了罷。這問題，是有大的意義的。但自然也有問題的別一面。就是，不但在一切天才底的作品，爲一定的階級效勞，以及這作品的客觀性，藝術家的生活現象把握是客觀底的呢，還是主觀底的呢而已，也在這究竟是否客觀底地，效勞於階級。所以我們遇見作家的各個的集團之際，我們應該由他們正在將他們的作品，效勞於那一階級；他們是使誰的意志和感情強盛，使誰的意志和感情弛緩，而加以判斷。當「那巴斯圖」到達了這問題的設定的時候，他以爲這是第一的本身的任務。「那巴斯圖」的任務，決不在將同志瓦浪斯基加以貶斥和批評。第一的任務，是在這問題的提起。今天的「眞理」報上，同志渥辛斯基寫着對於盧那卡爾斯基的駁論。他對于他，弄着我們「那巴斯圖的人們」以上的毒舌，但同時，也順便將飛沫濺在「那巴斯圖」上。

去今兩年以前，同志渥辛斯基曾經宣言過，藹孚瑪忒跋(Avmatva)是勃洛克(A. Bloke)以後的俄國第一的作家。「眞理」報上，現在是，同志渥辛斯基，同志託羅茲基，都將一串的論文，獻給大家認爲和無產階級無關以及爲敵的作家們了。這些論文，都毫無反對地通過了。于是我們纔始起而反抗的。同志瓦浪斯基——即使不是公許底，而是半公許底罷——既然以受了黨的委任，作爲事實上文學的指導者而出現，則瓦浪斯基必須表白，他是否將給與他的指導權用得正當，例如由渥辛斯基似的他的幫手，宣言藹孚瑪忒跋是秀出的作家的事，而是否正當地行動着。關於「那巴斯圖」的辛辣，即使被人怎樣說，但我却不能不說，「那巴斯圖」是盡了第一的自己的任務了。關於文藝的指導的問題，正由黨提起着。黨已經着手于這問題的解決，就要解决的罷。我們不得不指出這一點來，並非以爲自己的功勞，是作爲我們的非盡不可的義務。

這囘是關于指導的方法。請容許我說，「那巴斯圖」是以爲第二的自己的任務的。但至今，怎樣實際底的方法，他却還沒有提示。對于同志瓦浪斯基，則我們在這會議之前，爲要不陷于混雜起見，曾有三次，請他共同來確立一定的方針的。我們將這和瓦浪斯基去商量的最初，是「那巴斯圖」還未出版之前，在出版小部會。第二囘，是阿衞巴赫的家裏，已經全部都反對着瓦浪斯基的政策的「那巴斯圖」出了二至三號之後，是去年的秋天。至于第三囘——是「墨普」的總會上，是這四月。而實在，瓦浪斯基，文藝政策的指導者，却囘答說，「我不相信你們。」

我以同志之名，在這里宣言，我們是原則底地，和站在「那巴斯圖」的立場上的同志布哈林一致，也一部分和同志拉迪克的立場一致的。自然，他們於這問題的實際，還不相通，於是發生了他們和我們的外觀底的不一致。在我們的會議上，我們爲什麼以瓦浪斯基所行的政策，爲最有害的政策，並且肯定了的呢！歸根結蒂，問題之所在，並非單在印刷畢力涅克，尼啓丁，以及其他的作品。不單在畢力涅克是好是壞——問題是並不在這里的。論爭之點，也並非關於我們這里十個或十五個作家，是否忠實於勞動階級。問題全在另外的地方。在這里成爲問題的，是關於大衆的文學運動。是關於已經開始了的文學運動。許多都市裏，已有無產階級作家的組織了。在這座上，說過「Sand-wich」，在這座上，說過「機械底方法」等等。同志布哈林知道我們不能採用機械底方法，我們沒有這樣的可能，在我們這里，是沒有適用這樣機械底方法的可能的，但在同志瓦浪斯基那里，這些機械底方法却儘有。這是可以將我們稱爲團體或製造所的麽，當我們先前及現今的所說，都非關於團體，而是關於全體的勞動階級的廣汎的文學運動的時候？這樣的運動，是存在的。二十八用了自費，從伊爾庫支克(Irkutsk)，從諾伏尼古拉耶夫斯克(Novo-Nikolaievsk)從阿爾汗該勒司克(Arhangelsk)，列寧格勒(Leningrad)，羅司多夫(Rostov)到來了。勞動階級的文學運動，是存在的。難道竟可以說我們是小團體的麽，在大家的這樣的集團，和無產階級文學有着最積極底的關係的時候？這可以只說是團體的麽？我還能夠列舉出許多組織來。（布哈林，『組織是有的，但沒有作品。』）組織是有的，但沒有作品。（布哈林，『就是這一點不行呀。』）未必盡然。有是略有一些的，同志布哈林，也並非全沒有……。所以我要說，爲增加這些作品起見，我們應該組織無產階級作家；（笑。）那應該組織的理由，就在因爲那時候，妨礙無產階級作家的創作的條件纔會消滅。假使問題的設立，只限於這或別的作家十人乃至十五人，則問題一定就以作家們應該寫什麽，怎樣寫，便解決掉了。我們既然以運動爲問題，我們就將問題解釋得更廣闊。而且我們還至於有了從製作移到論文去的必要。不但瓦進，敎林而已，連里培進斯基，培賽勉斯基和別的人，也寫着這些的論文。我敢宣言，他們是要繼續寫這些的論文，直到本黨決定了方針的時候，直到勞動階級的文學運動得到勝利的時候的罷。

勞動階級的文學運動，在我們，在有天分或沒有天分的我們各個，價值是在培賽勉斯基或里培進斯基的天分以上的，而這事，則以黨的指導爲必要。（布哈林，『普式庚做詩的時候，怎樣的貴族社會的政治部，給他指導的呢？』）

同志瓦浪斯基是走着和這運動，卽無產階級文學相反的路的。他在使這文學解體。他在大加努力，要立證出反對來。我在這里沒有涉及具體底的事實的工夫。對於這事，同志里培進斯基能夠肯定的。問題的別一面，是要問同志瓦浪斯基的「同路人」現在在那里。瓦浪斯基的「同路人」，是正在逃開他。（聲音，『誰呢？』）現在且不提關於一切人們的事罷。然而同志瓦浪斯基却曾經和他們有關係，但現在他們却正在移向有產階級文學的陣營那邊去。例如，他曾將叫作萊阿諾夫（Leonov）的一個作家，宣言爲天才，但我們知道，萊阿諾夫現就在「Russkiy Severemennik」上做文章，在「Russkiy Sovremennik」的背後，則站着藹夫羅斯（Efros）和外國資本，而且這雜誌，對於勞動階級是懷着敵意的。那些同路人們，就正在帶着瓦浪斯基所加的憑證，趨向這雜誌去。在我們這里，關於文藝的問題，並不在只要有十個乃至十五個作家，能給勞動階級寫出忠實的好作品就算好，倒在支持那已經在勞動階級之間開始了的廣汎的文學運動，所以我們說，黨的一定的指導方針，在我們是必要的，是缺少不得的。

在這里。諸位同志們，是無論什麼霸權，都不應該提起的。在這里，諸位同志們，你們却宛然我們在這里要求着似的，總是談到霸權——這是煽動。我們是應該抱定黨的一定的指導，將這活用到實際上去的。這之外，還剩着關於「那巴斯圖」對「同路人」的方法的問題。

至今爲止，我們還未曾拿出怎樣具體底的方案來，並且這些方法，雖說正在代我們計畫，但我確然相信，「那巴斯圖的人們」，是正在賀乎同志瓦浪斯基所做的以上地，克服着眞的「同路人」的。（笑。略薩諾夫，『不是用皮下注射，是用皮上注射。』）我敢反覆地說，對於文學，我們以爲單以出版者的態度，是不夠的。我們說，我們主張對於這或別的文學，應該執階級底態度。所以我們的意思，是以爲今天的會議的任務，首先是在提出無論如何，黨必須將勞動階級的文學運動，作爲已有的問題來，而別的諸問題，文藝批評的問題，或我們在相宜的會議上能夠解決的別的小問題，這樣的諸問題，則可以俟根本問題完全解決之後，再行審議的。

盧那卡爾斯基 (A.Lunacharsky)

同志瓦進要求同志瓦浪斯基，要他從現下的情勢這一個見地，走近問題去。然而黨接近了文藝的問題這一件事，却也正在這現下的情勢之中，演了或種的脚色的。

其實，黨是纔始將這特殊的課題，提起在自己之前了。但從現下的情勢的這特質，也流出着或種的危險。當政治家們不知道或一領域的特殊底方面，而開始接近這領域去的時候，從他們簡直會弄出太過於總括底的判斷，或是有害的企圖。這樣，純政治底態度，也反映在「那巴斯圖」派的人們的錯誤的立場上。純粹的政治的領域，是狹窄的。廣義上的政治，乃是在國家機能的各部分各部分上，都各有特殊的課題。政治家辦理他們所不知道的領域的事的時候，常常存在着弄錯的危險。同志瓦進簡捷地斷定，以爲應該從純政治底見地，接近文藝的問題去。然而，譬如對於軍事政策，或運輸政策，商業政策，倘不將軍事，運輸，商業的特殊性，放在思慮裏，又怎麼能夠從純政治底見地，走近前去呢？和這完全一樣，不顧藝術的特殊的法則，而提起關於文藝政策的問題，是不成的。否則，我們便全然成爲因了這粗疏的政治底嘗試，而將一切文藝，都葬在墳墓裏——若用「域普」底表現來說，則是福音書的「腐爛了的」

墳墓裏了。其實，凡一種藝術作品，如果沒有藝術底價値，則卽使這是政治底的，也全然無意味。譬如這作品裏，有一種內容，是政治底地有意義的——那麼，爲什麼不將這用政論的形式來表現的呢？

但將這問題翻轉來看一看就好。假如我們之前，有着藝術底地雖然是天才底，而政治底地則不滿足的作品。現在假定爲現有託爾斯泰或陀思妥夫斯基那麼大的作家，寫了政治底地，是和我們不相干的一種天才底小說罷。我呢，自然，也知道說，倘使這樣的小說，完全是反革底的東西，則我們的鬬爭的諸條件，雖然很可惜，但使我們不得不揮淚將這樣的小說殺掉。然而如果並無這樣的反革命性，只有一點不佳的傾向，或者例如只有對於政治的無關心，則不消說，我們是大概不能不許這樣的小說的存在的罷。

有人在這里說過——藝術是生活認識的特殊的方法。別的人又說——藝術是社會的機能。無論依那一面，天才底的藝術作品，就明明於我們是有價值的。這些，或則是直接地給與生活的優良的表現，或者又成爲社會的機能，由偉大的作家的意識，獨特地，明快地，將社會反映出。如果我們不想利用藝術這一種材料，那麼，我們恐怕就要作爲批評家，作爲社會學者，作爲國家的人，作爲市民，犯到深的錯誤了。

自然，藝術的任務，離科學的合理底的任務是很遠的。但是，雖然如此，藝術底作品，是經驗的特定的組織。從這見地，就可以說，一切藝術底作品，無論什麼，只要是有才能的東西，即於我們有益。所以，在這方面，必須看得更廣大些。藝術的繁榮，在我們，大概是會成爲對於這國度的認識的很好的源泉的。

因爲和我們有一點點隔核，或者只因爲有和我們的傾向不一致的特性在藝術作品裏，便立刻說這是有毒的東西，這一種恐怖，究竟是從那里來的呢？我們的無產階級，想來該是已經儘夠堅實了。正不勞我們來怕他們被別樣的政治的水淫了脚。

將和我們政治底傾向不一致的作品，發露出來，我們用正常的批評的方法就做得到，決沒有來用禁壓的必要的。藝術家是人間的特別的型，這事忘記不得。我們決不能希望藝術家的多數，同時也是政治家。藝術家之中，有些人們，常是缺少對於正確思索的極度的敏感性，或對於特定的意志底行動的傾向的。馬克斯懂得這事，所以能夠用了非常的留心和優婉，接近了瞿提，海納(Heine)，那樣的文學底現象。

再說一遍，藝術家那里，兼有指導底政治理論的事，是很少的。他將那材料，用了和這不同的方法來組織化。卽使對於出自我們裏面的藝術家，我們若在他的藝術底作品中，課以狹隘的黨的，綱領的目的，也還是不行。他既然作爲藝術家而行動，那麼，他是依了和政論家工作不同的法則，組織着自己的經驗的。將澆了許多我黨的醬油的藝術，給與我們的時候，使我們到後來確信這是贋品的事，實在非常之多。

自然，藝術家是可以出於種種的層裏的。但是，要記得的，是在不遠的將來，這大概仍然還要出於智識階級。這是因爲要做一個作家，必須有頗高的教養的緣故。以爲作家從耕田的人們裏，或從下層的無產階級裏，會直接出現的事，是不容易設想的。況且藝術家者，也是專門家。他因爲要造出自己的形式，要開拓那視野，就必須用許多的時間。因爲這緣故，所以他如果是從大衆中出來的，則或一程度爲止，他大概一定要離開自己的階級，接近智識階級的集團去。

這些一切，就令我沒有法子，不得不以爲我們無論怎樣，不可將非無產者和非共產主義者藝術家，從我們自己這里離開。

請諸位最好是記一記，同志阿衛巴赫在這里說些什麼了。這是非常年青的同志。但他却表現了全然難以比方的急躁。關於由同志雅各武萊夫所示的作家的手記，他是喊出叛逆了的！他說，同志瓦浪斯基使作家墮落了，而舉爲證據的，乃是這些作家宣言將和我們攜手同行的那手記！他們於此希望着什麼呵！他們所希望的，是將他們作爲具有藝術家的一切專門底的特性的藝術家，留存下來。

倘使一切的人們，都站在同志阿衛巴赫的見地上，那麼，恐怕我們便成了在敵國裏面的征服者的一團了。

我害怕——在文學上，我們有陷在「左翼病」的新的邪路裏的危險。我們不能不將巨大的小資產者的國度，帶着和我們一同走，而這事，則只有仗着同情，戰術底地獲得他，這纔做得到。我們的急躁的一切徵候，會嚇得藝術家和學者從我們跑開。這一點，我們是應該明確地理解的。符拉迪彌爾・伊立支（列寧）直白地說過——只有發瘋的共產主義者，以爲在俄國的共產主義，可以單靠共產主義者之手來實現。

這回，移到反駁同志託羅茲基的那一面去罷。同志託羅茲基，關於無產階級文化是弄錯了的。自然，他於這一層，是有着舉 Vladimir Ilitch 爲反證的根據的。Vladimir Ilitch 在如次的一個似是而非的論理底判斷之前，會抱着大大的恐怖——意識由生活而決定，所以有產者觀念形態，由有產者生活而決定，所以，將有產階級的一切遺產，都排斥罷！倘從這里出發，我們就也應該棄掉我們所有的技術。然而這里橫着大錯誤，是很明白的。有產階級底生活之中，若干問題——也站在我們之前，但已經由有產階級多多少少總算滿足地給了解決，我們現在，是有着要加解決，而並無更能做得滿足之法的諸問題。Vladimir Ilitch 就極端地恐怕我們會忘却這事，而拋棄了有產階級的遺產裏面的有價値的東西，却自己想出隨心任意的東西來。他是從這見地，也害怕了 Proletcult 的。（聲，『他是怕波格達諾夫主義呵。』）

他怕波格達諾夫主義，他怕 Proletcult 會發生一切哲學底，科學底，而在最後，是政治底惡傾向。他是不願意創造和黨並立，和黨競爭的勞動者組合的。他豫先注意了這危險。於這意思上，他曾經將個人底指令付給我，要將 Proletcult 拉近國家來，而置這於國家的管轄下。在同時，他也着力地說，當將一定的廣闊，給與 Proletcult 的文藝課目。他坦率地對我說過，他以爲

Proletcult 要造出自己的藝術家來的努力，是完全當然的事。對于無產階級文化的十把一綑的判斷，在 Vladimir Ilitch 那里，是沒有的。

台明・培特尼曾將 Vladimir Ilitch 的一篇演說中，說着『藝術者，和大衆育養于同一的東西，依據着大衆，並且要求着為大衆工作』的一部分給我看。惟這大衆，實在，豈不就是無產者大衆麼？

而同志託羅茲基，是陷在自己矛盾裏了。他在那書裏說，現在我們所必要的，是革命藝術，但是，是怎樣的革命底藝術呢？是全人類底，超階級底東西麼？不，我國的革命，總該是無產階級革命呀。將我們在藝術成為全人類底東西的××××的樂園裏，發見自己之前，我們還沒有發展無產階級藝術的餘裕這一件事，舉出來作為論據，這是毫沒有什麼意義的。

將關於藝術的問題，和關於國家的問題，比較了一看就好。共產主義是決非將全人類底國家，和本身一同帶來的，而只是將這××。但在過渡底時期，我們是建設無產階級國家。馬克斯主義，蘇維埃組織，我們的勞動組合，——這些一切，都一樣是無產階級文化的各部分，這且是恰恰適應於這過渡底時期的部分。那麼，怎樣可以說，在我們這里，不能發生作爲進向共產主義藝術的過渡底藝術的那無產階級藝術呢？

在這些一切意見之中，我以爲是這論爭的惟一的最正當的結論者，是如次——就是，無產階級文學，是作爲我們的最重的期待，我們要用了一切手段，來支持他，而排斥「同路人」，也決不行。

有這座上，曾談到應該對於馬克斯主義批評，給與一個一定的規準。不錯，我覺得我們的批評，是極其跛行着的。但是，和這事一樣，關於馬克斯主義底檢閱，該依怎樣的原則的事，給立出一個明確的一定的方針來，也不壞。

所有的人們，都訴說着檢閱的各各的失敗。顯着檢閱似乎過於嚴重的情形。然而，反覆地說罷，我們是，有以我們爲中心，而這個周圍組織小資產階級文學的必要的。假使不這樣，那麽，一切具有才能的人們——而具有才能的人，則往往是獨自的組織者——怕要離開我們，走進和我們敵對的勢力裏去的罷。

培賽勉斯基（A. Bezamensky）

首先，諸位同志們，我不能不關於我那尊敬的文學底反對者——同志託羅茲基的出馬，來說幾句話。他說過，從無產階級的桒豆裏，（略薩諸夫，「這是——著了色的桒豆呀。」——）是什麽也不會生發出來的。無論如何，同志們，關於這一端，我們大概總要和他鬪下去。當這開會以前，我是在個人底的信札裏，曾經和同志託羅茲基論爭，我並且非常希望他來赴這會，給我們說一說，我們是決不誇耀自己的「製造所」的。我們說過，首先是勞動大衆，比什麼都重要。卽使培賽勉斯基什麼也不値，民衆藝術家什麼也不値能，但大衆底文學運動，是重要的，黨應該將這取在自己的手裏的。我暗暗地在想，我們爲了召集今天的會議，叩了玻璃，倒也並非沒有意義地；還有，這會議，是我們始終向這前進的——卽黨對於文學，給與自己的方針的事的第一步。我們的全努力，就集中於這一點的。來責難我們，說是黨派底的也好；來責難我們，說是宗派底的也好。我想將同志瓦進對於嘲笑着我們辛苦的探求的諸位同志們所下的警告，引用出來。同志瓦進曾經指摘過和對於黨的第二回大會以後的時代的波雪維克的外國的團體，所加的嘲笑的類似。他們終於沒有懂。現在是，我們既然展開了大大的勞作，我們既然用了自己的血，創造了全聯邦無產階級作家聯盟的政策，我們就能夠在更大的程度上，移向創作底勞動去了。但和這一同，我們說，黨要來關與這我們挑在自己的肩頭的創作底勞動。在給我的信裏，——但這也是頗爲殘酷的信——同志託羅茲基擲過這樣的句子來，『你覺誤解我到這樣麼，宛如我們較之自己們，倒更尊重他人似的？』諸位同志們今天爲止的度態，是還是如此的，較之自己們，是更尊重他人的。而同志瓦浪斯基在這座上，作爲我們的反對者，又作爲無產階級文學的反對者而出面的時候（這在許多處所，都能夠隨便證明的），諸位同志們，在這里，是明明白白——有着較之自己，倒在他人的尊敬的。

諸位同志，我們是說，在我們，黨的方針是必要的。諸位同志，這是什麼意思呢？我們是組織了，我們是站在正從下層生長起來的大運動的前頭，我們是和勞動大衆以及青年×××的大衆結合着，——我有着如此確言的勇氣。而作爲和大衆結合的東西，我們是能夠成爲皮帶，爲黨起見，將那用無產階級前衞的眼睛來看世界的新鮮的文學底勢力，供獻於黨的罷。然而別人大叫，說我們要求着獨裁。這是謊話！諸位同志，我們是說，『執行委員會是左右人們的。』所以即使是明天，如果執行委員會對我們說，『將自己的組織都解散罷』——而且如果這事於黨是必要的，那麼，我們便照辦。但是，如果黨看着在自己之前，正從下層成長起來的廣汎的社會運動，則他對於這便不能無關係，也就不得不有對於文藝的自己的方針了。而現在，是我們將鞏固的無產者的文學底組織，送來給黨的時候了，黨對我們，未必會彎到竟至於不將這收在自己的指導之下的罷。

梅希且略珂夫（N. Meshcheliakov）

同志布哈林從兩方面述說過了。一方面——關於作家，別一方面——是關於讀者。我是在出版所裏辦事的，所以請容許我從出版的見地，接近問題去。

凡事業，不從買賣上的打算上面來做，是不行的，但爲了這事，則觀察市場的要求，讀者的趣味，讀者的興會，就必要。我們在這方面，做成了頗大的工作了。那結果，就印刷在一本厚厚的報告書上。還有，就在最近，又出版了關於這問題的較有興味的書。我就將這兩樣作爲基礎，將話講下去。

據調查的所示，是現代的無產階級作家完全不被需求。我們曾將各種的無產階級作家的作品試行出版，——在我們的倉庫裏，這些堆積像山一般，而我們呢，眞眞是照着重量出售的。但全然沒有主顧。事業是完全地損失。這就是使我們將這方面的事業縮小了的原因。

爲什麼「無產階級作家」的作品，沒有人讀的呢？是因爲他們離開着大衆。爲什麼發生了和大衆的分離的呢？是因爲他們寫得使大衆雖然讀了這些作品，也一點不懂的緣故。自然，也有例外。例如里培進斯基的「一週間」——現就很有人讀，很能賣。說我們對於無產階級文學行着不對的政策那樣的非難，是不對的。

這回是——提一提同志瓦浪斯基。他每月有五十頁的紙面。這以上，我們是不能給他的。

那麼，這些頁面，是怎樣地分配給各種文學團體的呢？國立出版所的我們，無從知道實際。我們應該憑着什麼，來決定「十月」比「鍛治廠」好，或是和這相反呢？我們應該給誰更多呢？是什麼規準也沒有的。他們都自稱無產階級文學。但我們知道有昨天以爲是眞的無產階級文學的，到今天就不能這樣想的事。所以我們就取了對於一切團體，都給與同數的頁面的政策。我們注意着，要這文學裏，不夾進什麼反革命底的東西去，但對於他們的內部的計算，我們是無從干涉的。

這樣地，我們是將這文學，去任憑讀者的判斷的。如果經過了相當的時期，讀者不以此爲好，那麼，自然便成爲國立出版所也不以此爲好了。

開爾顯崔夫 (I. Kershentsev)

在這座上，關於瓦浪斯基，曾經用過他利用了專門家，一如我們在自己的領域上利用他們那樣這一類的句子。我以爲這是有點不對的。我們怎樣地，並且在那里，利用了專門家呢？我們曾經利用他們於經濟戰線，利用了他們的技術底智識。然而我們組織赤衞軍的時候，向俄皇的士官和將軍，去問射擊法，是有的，但並未將他們送進革命軍政治部去，並未將他們送進所以鞏固我們的赤衞軍的觀念形態的組織裏去。那麼，諸位同志們，我們講到文學上的專門家之際，也不能不說，正如我們不將有產階級專門家送進革命軍政治部去以資鼓動一樣，並不利用他們，以作煽動家一樣，在文學上，我們是不能利用他們，像曾經利用專門家於赤衛軍那樣的。我們要利用他們，還須附以更大的制限，加上更大的拘束。這事情，是當評價同志瓦浪斯基之際，比什麼都應該首先注意之點。

其次，在「那巴斯圖的人們」所施行的攻擊之中，是含着本質底的，因此也是重大的眞理的，可惜今天沒有涉及。他們在文學戰線上戰爭。然而問題却不僅在文學戰線，而在文化戰線全體。在這裏面，不單是文學，「也包含着演劇，美術，以及其他。在我們這裏，現在在劇場上所做的事，現在的，例如「眞理」報上所載的事，那是顯示着在這領域上，我們正做着有產階級專門家的俘虜。在文化的領域上，我們全然沒有依照 Vladimir Ilitch 的遺言。列寧說過，我們對於有產階級的文化，應該知道，研究，改正，却並沒有說我們應該成爲這文化的俘虜，——然而在事實上，我們是成着這俘虜。這是——使「那巴斯圖的人們」注意起來了的毫無疑義的不幸。也許是智識才能的不充足的結果罷。但是，這是在這評議會裏，所不能解決的一種複雜得多的病的問題，所以也就確有提出於新文化的鬬爭局面的必要了。

因此我想，和同志託羅茲基反對的同志盧那卡爾斯基，是正當的。爲什麼呢，就因爲同志託羅茲基，似乎將我們計算爲數十年的過渡底時代——看作超階級底的時代了。宛如在這時期之間，無產級級不能十分鞏固似的，又宛如這階級，不能濃厚地成爲階級底的似的。這不消說，數十年之間，無產階級是大概要極度地成爲階級底的，而我們的最近數十年，恐怕要被階級底觀念形態的鬬爭所充滿。所以在無產階級觀念形態裏，也含有無產者文化，要說得更正確些，則是社會主義文化，這大概是一定要立下基礎的，所以無產者文學的問題，是將來的問題。至於過渡時代呢，則應該給我們以無產階級社會主義文化，而因此發生起來的一切的鬭爭，則應該向着這局面，即市民戰爭時代所創造的無產階級底，社會主義底文化的鬭爭，以及對於雖非本心，而我們被攫於那雄健的爪裏的有產階級文化的鬭爭。這是今後的討論，所應該依照的問題的一般底的設立法。（聲音，『的確！』）

略薩諾夫 (D. Riasanov)

要關於「那巴斯圖的人們」略略說幾句。（阿衞巴赫，『手勢輕些罷。』）同志阿衞巴赫，你在這一夥裏，我就忍不下去。你的團體裏面，有些什麽缺陷的東西，是大家覺得的，但誰也沒有下最後的斷語。

在「那巴斯圖的人們」的政論裏，是有奇怪性質的要素的。從戰時共產主義，你們是蟬蛻着的，然而從用棍子趕進天國去那樣的方法，「那巴斯圖的人們」却還沒有脫乾淨。同志託羅茲基在這裏，說過作家所必要的皮下注射了。「那巴斯圖的人們」，是採用着作用的皮上注射底方法。使他們所發起的一切熱鬧成爲可疑的，正就是這個，雖然在他們那裏，原也有着很有天分的「同路人」的。諸位，在無產階級詩人那裏，全俄的文學，都以「赤色新地」爲依據，是只好說是奇事。聽起你們的話來，則「赤色新地」者，是這俄羅斯的肚膂。然而你們，是將這意義和瓦浪斯基本身的職掌，想得過大了。「赤色新地」曾有演過文學的組織底中心的脚色的時代，即是作爲十月革命直後的時代的最初的大雜誌，完成了一定的政治底職掌，這還被稱爲促進了白色文學的解體的。倘若這是事實，那麽，很可惜，「赤色新地」是當着正在使這文學解體以前，自己本身就久已解體了的。曾經有一時代，「赤色新地」上也登載過喜歡美文學的我所樂於閱讀的作品。那些裏面，是反映着支持了無產階級××的農民的自然力的。畢力涅克的有時頗有趣，然而我却以特別的滿足，讀了符舍戈羅特・伊凡諾夫，雖然他是在未用「赤色新地」去解體以前，原已存在了的。但無論怎樣，我總不能理解，爲什麽這文學，竟成了無產階級文學的障礙；還有對於這瓦浪斯基的敵意，宛如惟有他，是在俄國文學上，掌握天氣一般，這是從何面至的呢？

倒是國立出版所可以非難。同志梅希且略珂夫是壞主人，他動搖不絕。他是早該確立一種指導方針，相當的方針了的。關於「Sandwich」及其分類的事，我不說。團體和小團體的無數，被創造了，凡這些，雖然是無產階級底字樣，但本質底地，却依然是有產者們的果實。

自然，我們在這裏，在中央委員會的宇下聚會，是很好的。但是，假如中央委員會或者他的什麽機關，要試來干涉這問題，那是很窘的罷。諸位同志們，我要宣言，在這裏，我是選取完全的無政府的，且對於這些團體和小團體的各各，有留存下自行證明其生存權的可能的必要。剛纔梅希且略珂夫給與諸位的文學的質的特殊的規準——指示了購讀的本數。這規準是完不中用的。在市場上，有時是卽使最直接底的，卑近的文學，倘有什麽有力的機關，例如國立出版所的販賣員之類，來加以援助，那時候，本數便可以推廣得非常之大。利用了黨的機關的書籍，就被擺在較高的特權底情勢上。我知道，「域普」的各員，乃至新文學的怎樣的著色代表者，是正在努力於獲得黨的商標——委員會的商標——卽比起別的團體以及小團體來，於自己非常有利的競爭上的條件。黨的商標恐怕會創造一種條件，使沒有天分而實際底的人們，將完全的實的低下，拿進最近正在發達成長的那文學裏來的罷。這發達，同志託羅茲基用了新經濟政策來說明，然而他是錯的。凡這些新的萌芽，也還是生於1917—1919年的亢奮的年代的。但這結晶爲文學形式，却在革命底精力，在推動勞農大衆的新的方法中，發見其一部份的適用的時候。豈但如此呢，新經濟政策，是不過毒害着這些新文學的萌芽的，而在「赤色新地」裏面，假如有使我喫驚的，那是這雜誌，現今正在使曾經好好的在畢力涅克，伊凡諾夫以及別人那里的東西，受着毒害，趨於解體的事。

我不願意我們的批評涉及別的問題去。瓦浪斯基所出版的一切作品的忠實的讀者的我，可惜沒有讀過一篇他的評論。對於我們的新的批評，我大概是外行。今天我聽到了同志託羅茲基和別的人們的話，但他們的宣言所顯示，是說我們這裏，在文學及藝術領域上的馬克斯學者們，是站在觀念論底見地的。

這並不是我們應該蔑視形式的意思。從實在不是出於無產階級的大層，然而很偉大，又有大名的台明起，直到也不是出於無產階級的大層的年靑的同志培賽勉斯基止，凡有願意爲無產階級寫作者，不歡迎文學形式的一切的發達，是不行的。這無形式，不能照型式一樣，表現出人類的，或者別的集團的思想，感情，心緖來。然而文學形式，言語，是由長遠的歷史底的路程，完成起來的。我們常常對於那好的革命底代表者，俄羅斯的貴族階級，對於那好的代表者，俄羅斯的革命底有產階級，感謝他們使俄語的完成。我們爲勞動階級可以收這偉大的遺產以爲已有起見，印行我們的古典底文籍，是必要的。

國立出版所已經到了爲使貴族階級的詩人普式庚，成爲接近一切農民和勞動者的人，而印行（他的作品）的時候了。在普式庚那裏，除了他的美的辭句以外，還可以發見豐富的材料。諸位同志們，我們接近十二月黨的時代去。

不要忘記普式庚是被推在不只以十二月二十四日爲限的十二月黨運動的濤頭上的。這一天，在那根柢上，是不僅是國民底的，而是長久的革命底的社會運動的結果。

我們還不能將我們的克服了他們，因而成了實踐底馬克斯主義者的自己的國民主義者們，爲勞動者出版；我們至今還將從蒲力汗諾夫到列寧這些馬克斯主義者們，由此養育出來的烏司斑斯基（Uspensky）視若等閑。

我們忘記了用體面的，銳利的俄羅斯語來說話了。我們現在還濫用着蘇維埃的鳥的話。我歡迎同志台明，靠了他的作品，可以休息我們給報紙的論說弄倦了的頭腦，我是歡迎那走進我們的文學裏來的一切新的潮流的。所以，疏於形式，並不是好事情，應該從古的有產者的言語的天才們，去學習學習。不過模仿這有產階級文學的腐敗的果實，却是不行的。言語的單純直截和由無產階級文學所創造的新的內容的深刻味——惟這個，是首先所被要求的東西。這樣的萌芽，我們已經在里培進斯基的最初的作品上看見。

在這里，對於無產階級作家的我的忠告，是：如果你們有強壯的脚，而不是兩枝軟軟的棒，那麼，專跑到「爸爸」和「媽媽」這里來，是不行的。用脚站穩。依據着勞動運動，而吸取那汁水，就好，這麼一來——在你們，「赤色新地」便全不算什麼了。

台明・培特尼 (Demian Bednii)

首先，我先講一點從一切這些同路人們的「老子」瓦浪斯基說出來的，關於畢力涅克，關於這象徵底的畢力涅克的小小的，然而很有特色的情景。瓦浪斯基那里，畢力涅克跑來了。是朋友呀。用「你我」談天。於是畢力涅克對瓦浪斯基說，『我是，喂，走了一趟墳地哩。』瞧罷，他，「革命底同路人，」被墳地招惹了去了！『而我在那里見了什麼呢，契訶夫的墳上，拉着一大堆糞。在那旁邊，還寫着字道，「青年共產黨員彼得羅夫。」』（笑。聲。）一面將這情景傳給我，瓦浪斯基還高與到喘不過氣來，『阿，想一想罷，台明，這畢力涅克，有着多麼非凡的觀察呀！』墳地。俗稱「黃金」的堆。這就是有些同路人獻給瓦浪斯基，而瓦浪斯基——獻給我們的文學底黃金。（座中的聲音，『強有力的論證！』）

論證確是強烈的，紛紛撲鼻，並且有一點象徵底的。畢力涅克居然能夠寫了宣言書，送到這會裏來了。但我很想在墨斯科，看一看瓦浪斯基敢於帶畢力涅克出席的勞動者的集會。如果敢，他會抓着怎樣的月桂冠呢！？

我還要將一個鄉下的情景，貢獻你們。畢力涅克到基雅夫(Kiev)，在勞動通信員們之前，麗然自大，並且對他們吹了拂來斯泰珂夫式的一切的牛皮。在墨斯科，是有像樣的文藝政策的。例如，有三個什麽青年，跑到加美納夫那里去，宣言道，「在我們這里——有着意德沃羅基（觀念形態）呵！」於是加美納夫將手伸進錢袋去，將零錢分結這些三個的青年，說道，「爲了意德沃羅基呀。」零錢是喝光，或是怎樣化光了。三個青年又跑到加美納夫那里去。但這囘是一個一個，各自去的，爲什麽呢，因爲各人那里，已經各有了單是自己的意德沃羅基了。於是加美納夫又將錢分給各個——爲了他的意德沃羅基。（座上的聲音，「到規律委員會控告去罷！」）

這樣的事，並不是問題。重大的事，是誰撒着這樣的謊，撒給誰聽的。畢力涅克的大話裏，他的謊話裏，覺得有些討厭的好像眞實的東西。我在勞勳通信中，發見了未來的力。他們之間，正在發生着新的，民主底的，勞農底社會性。將他們從腐敗救出，是必要的。然而在基雅夫，竟至於還給囘去的畢力涅克提提包。勞動通信員來做畢力涅克的搬運夫！你們可有光彩你？你們可願意？

然而這些都不過是小例子。在根本上——就只好喫驚。在這時候，說着些什麼？我帶一本由 M. K. 出版的「Kommunist」第二十七號在這里。那上面有札德庚的關於伊立支的很好的囘憶。裏面就記着伊立支的關於藝術的少有的批判。至今爲止，關於這一端，我們，沒有過明快的理論底構成。從這里採一點，從那里摘一些。引用了蒲力汗諾夫。但在伊立支那里，却有着和天才底的壓縮同樣，而又無餘的完璧和自信，給與着我們的無產階級文學的理論。這在這樣的集會上，是有誦讀的必要的，爲要請速記下來，也應該誦讀，這必須再三再四，打進有些人們的頭裏去。然在伊立支那里，一切都單純到怎樣呵！

「重大的事——伊立支說——並不是將藝術給與以幾百萬計的住民的總數中的幾百乃至幾千人。藝術是國民的東西。這應該將自己的深的根，伸進到廣大的勤勞大衆的大層裏面去。這應該爲這些大衆所理解。」「被理解」——這是一。「這應該爲大衆所愛，」這是二。「這應該和這些大衆的感情，思想及意志相結合，應該將他們提高。」這就是三！這是關於煽動的。「那應該在大衆之中，使藝術家覺醒，使他們發達起來。」這不是勞動通信和農村通信的獎勵，是什麼呢？「我們——伊立支又說——在勞動者和農民的大衆缺着黑麵包的時候，也須將甜的闊氣的餅乾獻給極少數的人們麼!?」看罷，這是我們應該由此出發的藝術底規準的全部。根本的祕密，在那里呢？要怎麼辦，我們的藝術，纔能夠爲大衆所理解，爲他們所愛，和他們的感情，思想及意志相結合，將他們提高呢？伊立支說，這是毫不希奇的祕密，「我們應該始終將勞動者和農民放在眼前！』

札德庚對伊立支說，『在我們這里，在德國，一個什麽郡裏的市鎮的什麽會議的議長，大約也怕敢像你似的單純地，率直地說話的。他大概是怕被見得「太無教養」罷。』那麽，伊立支的演說之力，魅力，又在那里的呢？伊立支回答說，『我知道我作爲辯士，站上演壇時，始終只想着勞動者和農民。』想想勞動者和農民呀！這是我們的文藝政策的根本規準。但你們可曾想着勞動者和農民呢？我在這里，傾聽了許多辯士，聽到了許多高尙的言語，然而關於主要的勞動者和農民，在這里可曾說起一句呢？究竟你們在講的，是關於怎樣的文學，爲了什麽人呀！（聲響。擾動。）如果你們用了你們的趣味，至多不過五年——不，三年，或者這以下，做出文學來罷了。至于新的，明眼的，眞的作家們，大約是將從勞動通信和農村通信之間出來的罷。

瓦進的結語

台明•培特尼問三年以後怎麽。我敢宣言，即使這會議的收場，是怎樣的形式底的，但總之，明天的黨的文藝政策，不會是咋天的的了。這是毫無疑義的。

關於同志託羅茲基，我可以幾句話就完事。要之，他的對於我的言說，單是胡鬧，他連一個論證也絕對底地沒有提示出來。同志託羅茲基是因爲我指摘了社會革命黨稱讚着他的事，所以向我撲來了。這並非問題的解決。是憎惡——不是論證。

關於社會主義文化。在這會上，不能將這問題展開，是很明白的。我提出這樣的命題來。Vladimir Ilitch 向 Proletcult 抗議了——這是事實。然而

Proletcult——這是一件事，而無產階級的社會主義文化——這又是另外一件事。我敢確言Vladimir Ilitch是在自己的論文上，尤其是在關於國民底問題的諸論文上，常常力說無產階級的國際底社會主義底文化的存在，這文化的必要與其必然性的。Proletcult，是另外的問題。在這里，有着温室性，研究室性的。在這里，可以有一切種類的險危，波格達諾夫主義，「Rabochaia Pravda」之類。然而關於Proletcult的問題，和關於無產階級的社會主義文化的問題的原則底的，一般底的，歷史底的提起，混同起來，是不行的。

其次，同志列寧，出色地將文藝的意義評價了。要加以斷定，已有很夠的材料。同志拉迪克曾向台明·培特尼加以注意。說札德庚是在自己的回憶上，再產着自己的舊論文的。我問同志拉迪克，符拉迪瀰爾·伊立支在由同志札德庚所構成的以外，能夠設立這問題麼？我敢確言，在這以外，他是不能設立問題的。無論怎樣的馬克斯主義者，此外也不能再說什麽了罷。在這里請許我引用同志加美納夫。在「給戈理基的信」的序文裏，加美納夫這樣地寫着——

「將戈理基的武器——文藝——符拉迪彌爾·伊立支評價得非常高，還從中認有大大的意義。他以爲這武器所向不當，同盟者看不準靶子，打着的時候，他更顯出一重的熱意來。」我問，列寧爲什麽將戈理基評價得這樣地高？原因，是極明白的。對於以爲藝術——這是不能照規則做的東西的瓦浪斯基，列寧不同意，正是這緣故。

列寧看見戈理基的有力的武器，沒有對着必要之處的時候，就憤慨了。列寧會要指導過藝術家戈理基。我們要我們蘇維埃共和國裏的有力的藝術底武器，用得正當，我們要求文藝的黨底列寧底指導。

關於文學的豫想。問過同志託羅玆基了。而他怎樣囘答呢？說道豫想是黿光形底的。要是這就是回答。凡豫想，是電光形底的。問題並不在這里。問題的一切，是在我們設立着怎樣的目標。現在呢，我們是戰取了××了，我們正在戰取着經濟。我們現在不可不戰取文學麼？我要，是的，我們應該戰取文學。同志託羅玆基單是指點出沒有階級的社會，是有的罷的事，就算了。是的，這樣的社會，是有的罷。但是，諸位同志們，用這麼的一般的句子，是不能結束豫想的，到沒有階級的社會，還遠得很哩。無產階級在文化，觀念形態的領域上，也應該是獨裁者的事，他們應該支配藝術戰線的事，對於這事的我們，可有着方針沒有，都必須明明白白地說出來的。請容許我從社會革命黨的「Volya Rossii」引用一點教訓底的話罷——

「共產主義是通過各種的階段的。最初，他在現實的生活戰線上，獲得了物質底勝利。他仗着強制，將波雪維克底共和國的人民，和獨裁和行動的義務底一樣性相連結了。那時候，外底中央委員會，是舉了無限的功績的。

『現在他在精神底戰線上，占了完全的勝利，想以思想和感情的一樣性的目的，來鍛鍊全俄，次及全世界。因此，內底中央委員會，便被要求了。』

社會革命黨是懂了我們的任務的。他是懂得很不錯，國家也必要精神底地加以鍛鍊，國家必要支配觀念形態底戰線。在瓦浪斯基，是不懂這些的。我們既然在這領域上，支持着鬥爭，則這期間，在我們，文學底中央委員會也必要的諸位同志們，懂得這事，是必要的。

在我們之前：站着怎樣的課題呢——政治底的，還是藝術底的呢，有這樣的質問。諸位同志，假使將課題當作並非政治底，那我就難以懂得，爲什麼在俄國共產黨中央委員會的主催之下，召集了黨的會議。然而問題的設立，是並非在問這在政治底課題呢，還在文學底課題上面的。想使政治底課題，和文學底課題相對峙的一切的企圖，使我說起來，是單單的無智。是沿了藝術底文學的戰線，行着政治鬬爭的。而那一端，諸位同志們，我們必須懂得。

所有「那巴斯圖的反對者們」，都試將問題來弄胡塗。同志託羅茲基，也將問題弄胡塗了，宛然他和在這會議上的我們的論爭，沒有關係似的。同志託羅茲基不過說述了一般底的眞理，凡這些，大概於今日的我們的論爭是沒有直接的關係的，況且在這些眞理之中，正如只有這回，是正當地，同志略薩諾夫指摘了的那樣，有不少的形而上學和觀念論在，但並無波雪維克底態度。

重複地說罷，藝術底課題，是發展爲政治底課題了的。第二的課題，即包攝着第一的課題，所以較之第一的這，要廣大到千倍。關於這個，我不能不指出，在我們這里，有革的命支持，在我們的反對者們那里，有文學的支持。

關於白黨對於我們的論爭的態度。在這座上，曾經很要顯示出白黨對於同志瓦浪斯基和託羅茲基的立場的態度，彷彿便是我一切言說裏的主要的論據似的。這不消說，是弄錯了。我們，「那巴斯圖的人們」，是經幾個月之間，研究了同志瓦浪斯基的課目，戰術和組織底計劃，明白了一切他的根本底的謬誤和傾向，然後，然後纔達到同志瓦浪斯基的立場，是受着我們的敵人的歡迎，並且並非無端歡迎着的這一個結論的。白黨作家等的評判，不是證據，那是自明的事，然而對於我們黨內的這個或別個的潮流，他們的態度，暗示力却很不小。將我們的敵人對於我們黨內的這個那個的潮流的見解，置之不顧，是只有隨便對付問題，或則不願意目覩眞實的人們，這纔做得出來的。當最近的黨的討論之際，僑民的集團，聲援了反對的立場的時候，我們曾經不能不將這事實，通知了黨和勞動階級，現在內外的僑民們聲援着同志瓦浪斯基的立場的時候，我們也不能不將這事實，傳給黨和勞動階級。

說是弄着專門家討伐，以非難我們。說而這是全不明白事情的。當觀念形態底戰線成着問題的時候，怎麼能說到專門家呢？同志瓦浪斯基呀，在觀念形態的領域上，我們可究竟要借給什麼東西麼？在這里，在我們這里，是沒有借給，也沒有許可的。便是合辦公司，也不該有的。在這里，有專門家，是不行的。我們這里，在經濟，行政的領域上，是有專門家的，此後也還要常有能，然而在這里，我們也取着以我們的勞動者來替代專門家的方針。在經濟和軍事編制方面，雖也招聘着專門家，而我們和這同時，正在養成着指揮者，行政者，經營者等等。然而同志瓦浪斯基，却不但要將文學交給專門家，他對於無產階級文學的創造，還取着反對的行動。在這意義上，同志瓦浪斯基是——完全的敗北者了。

其次，是關於幾個同志所倡道的條件的平等。諸位同志們，這德墨克拉西也和政治底德墨克拉西完全同樣，是虛僞的東西。當各種團體的狀態並不相等的事，是周知的事實的時候，却說出條件的平等來，怎麽不以爲恥呢？「同路人」，是依據巨大的文化底過去的，但我們，在這一層，却是乞丐。怎樣可有條件的平等呢？里培進斯基和畢力涅克不同等，爲什麽呢，因爲畢力涅克依據着自己的階級的莫大的文化底財產，而里培進斯基却相反，是連結着幾乎有文化底過去的階級的。誰也不要求制定物質底的特權，然而在倡道條件平等之際，却想因此來這樣說，就是：在指導的意義上，在鼓舞，獎勵等等的意義上，黨應該洗手，黨對於文藝的問題應該中立。在這意義上，不會有一樣的態度，不會有平等的條件，也還可以另據一個理由來說，卽是各各的文學團體，決不是平等地於革命是必要的。

我們的對於「同路人」的見解，被誤解爲最甚。雖是對於問題的看法，原則底地，百分之九十九和我們一樣的同志布哈林，——雖是他，關於這一節，也有許多的謬誤。說我們要驅逐「同路人」，那是謠言。說我們向他們揮着棍子，也是謠言。說我們除無產階級以外，忘却了別的諸階級的現存！我們對於農民作家，不給以足夠的評價，諸如此類，都是謠言。我們研究了「同路人」之間，有各種階層的現存，於是在我們的提要（These）上這樣說——

「向勞動階級的「同路人」的接近的程度，總之，是和一般底政治底條件，部分底地，則和對於他們的黨的機關，出版所以及無產階級文學的作用力相關。所以黨的任務，當此之際，是在促進那正起於「同路人」之間的分解作用，並且將他們引入××主義底影響的範圍裏。」

我們主張對於「同路人」的各別的態度。我們承認和眞的革命底同路人相提攜而且和「同路人」中的最良者——「烈夫」，實現着這提攜的事。在關於觀念形態戰線問題的「域普」的決議上，曾作為最重要的性質的課題，這樣地表示着：『由將最革命底的「同路人」的分子，首先，是農民作家，吸引到無產階級方面，觀念底地打動他們，在廣涉對於反革命文學的一般底鬭爭的全體上，和他們相約提攜。』那麽，分明可見我們的懂得「同路人」的吸引的意義，——首先是農民作家的，——是不下於同志瓦浪斯基的。但我們的立場和同志瓦浪斯基的立場，所以不同之處，是在我們實際底地指出着一個條件，這並非幫「同路人」的我們的好意的利用，而是要使幫勞動階級的「同路人」的利用，實在可能。我們的立場和同志瓦浪斯基的立場之不同，是在我們並非無產階級文學的敗北者，我們不願意將無產階級作家拋入一般底同路人底夠弼中。

在這會上，曾有人說，我們要求着對於文學的「域普」的獨裁。這是絕對地虛僞的。我們的口號——並非「域普」的獨裁，是文藝領域上的黨的獨裁。「域普」也可以作這獨裁的武器。

第十三回大會以前的文藝領域上的黨的課題，是怎樣的呢？第十一回黨大會，已經指摘了想以文學和文化運動，來影響勤勞階級的有產階級的企圖了。第十二回黨大會，關於這問題，是採用了如次的決議——

『鑑於最近兩年間，在蘇維埃俄羅斯，文藝已經成長爲一大社會底勢力，將其影響先及於勞働者，與農民青年大衆，故黨認爲有將指導對於來日的社會底教化的這形式的問題，決定於其實際的活動的必要。』

看罷，一年以前，我們的黨的大會，就已經不滿於同志瓦浪斯基在文藝領域上所實現了的結果的了。現在呢，問題是已經落上指導的實際底形式的決定上。應該怎樣指導呢？——這是站在我們面前的問題。

黨的任務，現在是在意識了文學戰線的一切重大性之後，爲實現文藝的與受黨底的，波雪維克底的指導起見，來開實際底的步。

瓦浪斯基的結語

最先，要注意的，是「那巴斯圖的人們」在這里專將瓦浪斯基編成這樣的人，而敍說了的那些事情，無從理解。他們要弄得凡有一切，彷彿全都在我似的。這集會，已經由在一切指導底地位的諸位同志的代表，十分證明了他們容認着我所採取的方針，而反之，「瓦進主義」和「那巴斯圖主義」，是從他們受着當然的反對了。大都是不正當地，想使人以爲彷彿是瓦浪斯基怕自己的危險，而立了方針似的。照實說起來，瓦進投給我的，說是白軍的報紙稱讚了我了的那一種譴責，是也可以投給我們的指導機關的（我是實行這些的意志，直到現在的）。大抵，同志瓦進的輕率，很不尋常。例如，他竟強辯起來，似乎布哈林和他們一致到百分之九十九。我想，速記是完全地將同志布哈林的演說記錄下來了的。我眞不懂怎麽能這樣輕率地斷定。作爲問題者，不是我，乃是我們的指導機關所取的立場。我是每一個半月乃至兩個月，總聲明自己的戰術，和同志商量的，然而至今還沒有聽得過一回，有人說我的戰術在根本上有什麽不當。那麽，再說下去。在這里，說了些怎樣的事呀？聽着，就可羞！例如，同志瓦進突然有了這樣的宣言，就是，藝術者，據瓦浪斯基的意見，——則這是「神聖的事業」之類。有什麽根據，說出這樣的事來的呢？我有兩種著作，論文——雖然據瓦進的意見，也許是無聊的東西——集在，但在這裏面，不是對於將藝術看作神聖的事業的那見解，鬪爭得最多麽？當我主張藝術自有其本身的方法和歷史的時候，瓦進是完全什麽也沒有懂。我是說了和同志託羅茲基，布哈林，盧那卡爾斯基以及別的同志所說過的一樣的話的。而人們將這些話，解釋爲瓦浪斯基和黨的統御文學底生活相反對，那我有什麼法。比這更壞的，是他在文學上什麼也做不出，而他却在這面出風頭。關於畢力涅克和契訶夫的記念碑。同志培特尼的太出色的出面，是給了我最無聊的印象的。我眞不解，怎麼會說出那樣的話！我對台明說了什麼呢？那是關於非常悲痛的事情。有一個人物的墳。那上面竪着大理石的碑。而在碑上，是刻着最單純的文字，「Anton Pavlovitch Tchekhov」字樣。而這碑，實在是被胡亂的塗鴉弄髒着了。從這事實，揑造出有趣的 Anecdote（談柄）來，是不可的，不行的；說笑話，也不行的。

其次，要請注意的，是爲什麼「那巴斯圖」的同志們，將我當作組織破壞者，開始痛駡的呢。那是因爲除了極少數的人們之外，他們已經成爲非藝術家了。所以「那巴斯圖的人們」誇說着我這里有「同路人」，他們那里有無產階級文學的時候——這是完全撒謊。其間雖有現存的或一種的不一致，但無產階級作家的大多數和「赤色新地」，是好好地保持着接觸的。這並非由我的才能，乃是因爲「那巴斯圖的人們」揮着棍子，不但將「同路人」，連將無產階級作家也在趕走了。「鍛冶廠」當「瓦進派」將他們置之無產階級的列外，宣言爲奸細的時候，於組織問題不和他們一致，是當然的。「鍛冶廠」的同志，到我這里來說，『再沒有向他們去說明的耐性了，一同更密接地來做工作罷。』「那巴斯圖的人們」還將同樣的事，來弄由他們所組織的青年們。爲什麽青年們和「赤色新地」一起工作着，並且怎地工作着呢？開始是五——七八，但現在是由三十四——四十八人所成的一集團了。亞爾穹・威覓魯易，密哈爾・戈洛特努易，耶司努易，斯惠德羅夫，等等——他們都離開了「那巴斯圖的人們」。

爲什麽呢？因爲諸位不知道待遇作家之道的緣故，因爲諸位充滿着黨派底惡臭的緣故。諸位同志們，這時候，問題並不在無產階級文學乃至「同路人」，而在對作家的態度。「那巴斯圖的人們」的對作的家態度，是亂七八遭。有一個人對於愛倫堡的小說「尼古拉克魯波夫的一生」來做文藝批評底論文，然而關於尼古拉・克魯波夫本身，却只擲給了一頁半。寫些中央委員會裏，摩託車多得如山呀，中央委員會的書記將萬年筆塞進了墨水瓶呀，共產黨員亞莎，該有毛的地方沒有生毛呀之類，是不行的。自然，他們是不過趕走作家們罷了，所以，自然，在「那巴斯圖的人們」那里，是常有組織破壞者的罷。

你們招集年青的作家們，而這些作家們，恐怕是到半年——三個月之後，就要從「組織破壞者」那里走開的。爲什麽呢，因爲在他那里，大概一定有着不正當，大誤謬，且有和那些離「那巴斯圖的人們」的棍子很遠的作家們不同的態度。「墨普」是要趕走作家們的罷。爲什麼呢，因爲他不能待遇他們。於是便成爲眞的組織破壞者，並非瓦浪斯基，而是瓦進者流了。

有人說過，瓦浪斯基將「同路人」來塞滿文學，而無產階級作家是被壓迫着的。我並不以爲我的行動毫無缺點。俄國文學的造成，不是這麼簡單的。這有着極其曲折的路。「同路人」至今成着卓越的要素，但這並非放任的結果，却因爲現在的文學生活是這樣。在無產階級作家，現在生活是艱難的，但在「同路人」生活也艱難。這里有共通的條件。我但願在這會上，沒有人來指摘，說是無產階級作家的未會出版的東西裏，是有頗好的天才底的作品的。豈但如此，惟有他們的最天才底的作品，就由「組織破壞者」來印行。只要指出里培進斯基的「一週間」，由我自己對於這的不斷的努力之後，由我印了出來的一件事，就夠了。

那麽，也許，將與產階級作家默殺着麽？這也不對。只要略有才能的，便竭力注意，表揚，紹介着。現在你們將國立出版所的文藝部作爲問題。這文藝部，是做着這些事的。「赤色新地」以外，從「鍛冶廠」出「Rabochi Journal」從未來派——「烈夫」，從「那巴斯圖的人們」——「十月」，從青年聯盟——「沛壘伐爾」。五種的雜誌和年報！

諸位同志們，我這樣地想了好幾回。假如我到 Vladimir Ilitch 那里，說道我們這里，出着五種的雜誌，那會怎樣呢？我相信他會這樣說，『你們在做什麽？這不是糟麽——各團體各有着雜誌！……』你們因爲我們不和你們一同走，便叱我們爲「放任主義者」。「那巴斯圖」的同志們，我們不和你們一同走，也未必一同走的理由，是因爲你們和「鍛冶廠」一有什麽一點不一致，便卽刻叫道「鍛冶廠」滅亡了，解體了，還開手擲過汙泥去。有這樣的黨派心，我們是不能和你們提攜的，爲什麼呢，因爲這樣是不能做工作的。這就完了。

關於決議，我是從衷心裏，同意於同志雅各武萊夫的決議的。

雅各武萊夫的結語

在我們的採決之前，我想將同志列寧對於無產階級文學的問題，是怎樣看法的事，簡單地說一說。因爲一年半前，一共五回，我是有了和他談到這問題的機會了的。

當時列寧所主張之處的根本，是集中於對於以無產階級文化，爲可以從一種或別的温室底設施裏發生出來的思想的鬬爭。温室可以培養無產階級文化這一種思想，列寧以爲有大危險。Proletcult 就是這樣的温室呀。

無產階級文化，可以在蘇維埃政權的條件內，從一般文字教育的土壤上發生。當無產階級政權現存之際，當我們這里，現在將要簇出這樣也還是少數的幾百萬文化人的時候，到那時候，文化的新的類型和文學的不同的類型，大抵就眞要發生了。

問題的核心，是在在無產階級政權的條件內，使有產階級的好的果實，爲大衆所公有。在無產階級政權的條件內，由幾百萬人取得有產階級文化的那些好果實，是爲產生並非有產者式的眞文化，創立基礎的罷。

所以列寧是對勞動者說過的。『奮勉呀，將有產階級文化做成自己的東西罷。無論在怎樣的屋子裏，無論這叫作什麽名目，還受些說是無產階級文化已經產生了那樣的童話所騙，是不行的。』無產階級文化的發生，應該辯證法底地來想。這問題的根本，是在幾百萬的人們，在蘇維埃國家的條件內，將有產階級文化所戰取者，作爲自己的東西。

這過程，在我們這里的温室主義者們，却正是完全不懂。在同志列寧，在由同志列寧所設定的問題上，當時他就將大劇場和 Proletcult 都看作「無用的長物」，并且同時提議，要鎖閉起來。這事，是特色到可驚的。

他一齊發出了這兩個提議，沒有將其一從別一個分開。

這回是關於實際底的提議的性質。我們在六個點上，看見黨的方針的基礎。第一點，是要將對於那些出自勞動者和農民大衆的幾萬人的創作的指導，給與本黨。給那些從這大衆中分出，已經可以稱爲作家的物質底支持，也和這相關聯。

問題的第二，是和「同路人」相關聯的。關於這事，可以率直地這樣說，對於「同路人」的態度，我們仍持繼着黨的從來的方針。在這里朗讀過了的「同路人」的信札——就很證明着這方針在根本上是正當。這——是不能漠視的文件。

同時，我們對於正在站立起來的勞動者作家，還不能不發警告，便知道自家廣告，自以爲好，以及在對於研究的輕薄的態度的氛圍氣中，正在脅迫他的危險。

其次，是黨派主義和放縱主義的問題。放縱主義，黨派主義的契機，是在兩面的陣營裏。我們應該從兩面的陣營裏，一樣地將這個除掉（aufheben）還有，最後，是批評的問題。我們在批評的領域裏，不能一任現在的情勢，照樣地下去。我們的批評，不但禁不起試練，——這作爲共產黨的組織化了的批評，還在歸於零呢。在我們這裏，新書批評，是因爲友情，因爲知己關係而登載的。這除了稱爲解體之外，不能給什麼名目。關於這問題，我們是不但採用決議，還應該從速來講實行的手段的。

觀念形態戰線和文學

第一回無產階級作家全聯邦大會的決議

（一九二五年一月）

一

1　文學是階級鬬爭的強有力的武器。如果『在或一時代的支配底觀念，常是支配階級的觀念』的馬克思的指示是對的，則無產階級支配和非無產階級底觀念形態，一部分，是和非無產階級文學的共存之可能，已無置疑的餘地。倘若在那獨裁期間，無產階級沒有逐漸獲得一切觀念形態底地位，那便將停止其爲配支階級能。在階級社會裏的文學，不能是中立底的，這一定積極底地效力於某一階級。

2　如果以上的事，在階級社會一般，是對的，則這在我們生活着的時代

——戰爭和革命的時代，尖銳化的階級鬬爭的時代，是兩層的對。這就是以爲在文學的領域上，各種文學底觀念形態底傾向，可以平和底協同，平和底競爭那樣的議論，不過是反動底空想的緣由。波雪維克主義一向曾和這樣的反動底空想戰爭。在觀念形態的領域，文學的領域，也如在社會生活的別的領域上一樣，爲階級鬬爭的法則所支配。所以波雪維克主義常常站在觀念形態底非妥協，嚴正的立場上，站在觀念形態底方向的無條件底敏感的立場上，而現在也還站着。

3　有產階級的觀念者們，提示了文學和政治的同權，同價，換了話說，就是有產者文學和共產主義政治的同權同價的「理論」。這理論的階級底政治底意義，即存於有產者底觀念者們，要從革命保衛自己，築自己的文學底的立場，而由這里來射擊無產者獨裁的堡壘的努力裏。在現在的條件下，惟文藝，是無產階級和有產階級爲了對於中間底要素，要獲得主權而在這里開演的激烈的階級鬪爭的最後的舞臺的一折。

4　蘇維埃聯邦——是以從資本主義向共產主義的過渡爲旗印，而立於其下的諸國家的聯合。政權，經濟，軍隊，學校——這些一切，都有過渡的性質在這一切之上，便放着將現代社會從資本主義引向共產主義的無產階級的印章。自從出現於歷史上的那當初以至今日，無產階級已經創造了新的物質底和精神底文化的巨大的價值了。關於無產階級文化，新的階級的文化，依據於過去的支配階級的遺產上的過渡底文化的問題，在已經解决了非退往資本主義而是進向共產主義的無產階級的運動的人們——首先，在勞動者階級，是理論底地，實踐底地，都已解決了的問題。關於無產階級文化和無產階級文學的否定底態度，是一九二二至二五年，在俄國共產黨內的『反對派』這名目之下，形成於蘇維埃社會裏，在事實上，是歷史底地，理論底地，都和那想將無產階級的獨裁徐徐清算，使我國復歸於『民主主義』的軌道的小有產階級的壓力的反映，的發現的那清算派的立場，相連結的。據清算派的見地，則凡關於無產階級文化和文學的一切談話，不過是空想，蓋在清算派的人們，無產階級的歷史底勝利這事，看來不過只是空想而已。而在現代社會上，無產階級文化和文學的存在着這個不可爭的事實，却正是顯示這勝利的確實性的一證據。

二

5 無產階級文化和文學的最徹底底的反對者，是同志托羅茲基和瓦浪斯基。在那著作「文學和革命」中，L.D.託羅玆基寫着——

『對於有產階級文化和有產階級藝術，使無產階級文化和無產階級藝術來對立，是根本底地錯誤的。後的二者，大概未必產生罷。因爲無產階級的統治，是一時底的事，過渡底的事。無產階級獨裁的歷史底意義和道義底偉大，是在將人類底的文化的基礎，安放在無產階級的最初的眞實上。』(L. Trotsky「文學和革命」九頁。)

接着同志託羅玆基，A.K.瓦浪斯基寫着——

『無產階級藝術未嘗存在，在無產階級獨裁的過渡底時代，也不會存在的。文化領域上的這時代的課題，歸結之處，是在無產階級首先獲得過去幾世紀的技術，科學，藝術。所以當面的問題，並不在無產階級藝術的創造，而在藉了過去的一切獲得，批判底地攝取其成果，以確立能作維持無產階級對於有產階級的勝利之助那樣的革命底過渡底藝術。問題之所在，是在爲無產階級的利益起見而作的有產階級文化和藝術的適應。但這和在我們的時代，較好地適應了的新的形式和樣式的探求，毫不反對，是不消說的。』（「Projekt」第二二號，一九二四年。）

6 託羅茲基在所謂我們正在向無產階級的社會進行這一種理由之下，否定着階級底無產者文學和藝術的可能。然而，在和這一樣的理由之下，少數主義（Menshévism）否定着階級底獨裁，階級國家，等等的必要。在和這同一的理由之下，無政府主義否定着黨和國家的必要。但在實際上，如大家所知道，少數主義的立場和無政府主義的立場，前者是在民主主義的旗下，後者是在非妥協底急進主義的旗下，事實底地，是都將政權剩在有產階級的手裏的。少數主義者和無政府主義者，關於無產階級獲得勝利所必要的那道路，都沒有明確的概念。無產階級鬪爭的戰略和戰術，在少數主義者，歸着於使無產階級從屬於有產階級的主權——在無政府主義者，則歸着於不過使資本主義底支配因而堅固的，無力的「左翼底」辭句。然而託羅玆基主義的戰略和戰術，僅是這無政府主義者的「左翼底」辭句和少數主義者底溫暾主義的混淆。上面所揭的託羅玆基和瓦浪斯基的判斷——乃是應用於觀念形態和藝術上的託羅玆基主義。

關於無產階級的「左翼底」辭句，在這里，是將無產階級的文化底課題，和由於「爲無產階級的利益起見而作的有產階級文化和藝術的適應」的溫暾主義底極限相聯結的。據託羅玆基及瓦浪斯基的意見，則在藝術領域中的無產階級，毫不拏出比有產者所曾經拿出的爲更新的東西來。

7 託羅玆基和瓦浪斯基，關於要經過怎樣的路，而全人類底，社會主義底藝術纔被創造的事，並無什麽理解。一件事——這並非在全政治及全經濟的的領域上，無產階級所正在進行的路，就是，並非在藝術領域上的無產階級獲得主權，政權的路這件事，在他們是明明白白的。所以託羅玆基宣言，『馬克思主義的方法——不是藝術的方法。』用了別的話，便是說，在藝術上，階級鬬爭的法則是不通用的。到結局，則在藝術上的託羅玆基主義，便是諸階級的平和底協同的意思，而主宰的職掌，於是全然剩在舊的有產階級文化的代表者的手裏。無產階級的前衞底代表者的全課題，在這里，是只要將古典底和現代有產階級文化的竭力加以廣泛的普及就夠。無產階級文化和文學的獨立底課題，由他們，是毫無什麽發展。全部問題，在他們，是只在『使舊時代的成果，同化於新的階級』（託羅玆基）這一事。未來的社會主義藝術，據託羅玆基——瓦浪斯基的意見，是從舊的階級和現代有產階級文化，會並無什麼過渡底階段地，發生起來的。

三

8　在從資本主義進向社會主義的過渡底時代的無產階級文學的缺除，具體底地，是什麼意思呢？這意思，就是和生活相連結，將這生活正確地反映出來的文學，並不存在。是和主宰的階級及其革命，有機底地相結合的文學，並不存在；積極底地來幫助無產階級將其社會引向共產主義那樣的文學，並不存在。那時候，藝術是站生活之外，階級鬪爭之外，而有產階級則可以用完備的權利，提出藝術和政治的同權的理論——藝術從政治獨立的理論來。在別一面，是正作主宰的無產階級倘不做自己的文學，自己的電影，演劇，則及於非無產者層，首先，是及於農民的觀念形態底影響，將必然底地，剩在有產階級文化和藝術的代表者之手的罷。要指導農民，將他們引向共產主義去，惟有靠着無產階級的從**一切方面**——就是，由蘇維埃，協同組合，學校，電化，軍隊，文學，電影，演劇，等，等，加他們以作用，這纔可能。在這些全領域上，不能只以「舊時代的成果之向新階級的同化」為限。他應該講**新的**言語；他之所依據，應該在可以和時代以及站在當前的問題的雄大相匹敵的未曾有的**新的**成果之上。和這相反時，則對於無產階級前衛的影響，既無理解，也不反映的觀念者們，會作用於農民之上的罷。而這意義，便是並非使農民進向共產主義，却退到資本主義去。

沒有自己的獨立底文化，沒有自己的文學，無產階級即不能確保對於農民的主權。不獨在政治底，經濟底領域而已，雖在文化的領域，勞動階級也不得不在自己之後，領了非無產者層去。然而要完成這課題，惟有將他在政治底，經濟底領域上所過了的革命，在文化底領域上也復做到，這纔可能。

9　雖然宣言着無產階級文學的原則，確言着在這路上由勞動階級所做的顯著的成功，但不該忘却關於「自大」這一種大害的 Vladimir Ilitch 列寧的教訓，關於『無產階級文化者，應該是作爲人類在資本主義社會，地主社會的重壓之下，所造出來的那知識的蓄積的合理底發展而出現』的他的指示。無產階級文學知道應該從古典底，以及現代有產階級文化和藝術，採取有價値的一切的東西，進步底的一切的東西。但無產階級文學更知道，在這領域上，應該比有產階級文學所站住了的之點更前進，而且不獨是舊文化的利用而已，用 Ilitch 的話說起來，便是必須將這些加以絕對底「改作。」

10　據託羅茲基——瓦浪斯基的意見，則文學上的中心底勢力，應該在所謂同路人，卽出於智識階級，市人，農民的層內，而觀念形態底地，是並不站在共產主義的見地的作家。然而同路人者，並非一樣的全體。在他們之間，是也有和力量相應，正直地服務於革命的要素的。但「同路人」的支配底類型，却是在文學上曲解革命，屢屢加以中傷，而且陶養於國民主義，大國家主義，神祕主義的精神的作家。這「同路人」的支配底類型，倘還將調子賦與於新經濟政策後期的文藝，則這「同路人」的文藝，在那根柢上，却正是和無產階級革命背道而馳的文學。這些事，是可以用了完全的權利來說的。和這同路人的反革命底要素，以最決定底鬬爭爲必要。

關於革命的眞實的同路人，則在文學戰線上的他們的一切的利用，是全然必要的。然而這利用，惟在無產階級文學將影響及於同路人的優良的代表者之上，而使這些同路人結成於文學上的無產階級底中核的周圍的時候，這纔可能。而成這中核者，必須是全聯邦無產階級作家聯盟，而也已經在成着。

無產階級文學和革命的眞實的同路人之間的朋友底協同的廣大的舞臺，首先第一，是農民。然而，這協同，惟在這些同路人理解了全世界正在起來的歷史底鬬爭的根本底意義，理解了無產階級在革命的職分和無產階級來指導農民的必要的時候，這纔可能，且得成爲顯著的進步底要因。

四

11 蘇維埃聯邦內的無產階級文學，在比較底短時日之間，成了顯著的社會現象了。這文學，是個個的無產階級團體，和先用勞動通信員的形式的那無產者的大衆底文化底運動，兩相溶合，而被創造的。無產階級文學之存在的否定，已經漸漸困難起來。那反對者，已不得不退去最初的露骨的否定的立場，而採用仍以和無產階級文學相鬬爭的舊目的爲名的新戰術了。這新戰術的本質——卽在雖「承認」無產階級文學，而這仍應該作爲「文學一般」卽有產階級文學的一翼（N渥辛斯基）的宣言中。在這里，就重演着那全世界的溫暾主義者的態度——這些溫暾主義者，開初是反對創設獨立的無產階級黨的，待到這黨成爲事實而出現，便「承認」這黨，而一面却宣傳和有產階級政黨的協同，否定無產黨的獨立的政策，那主權的觀念，由這黨以獲得政權的觀念。

恰恰和這一樣，我們的溫暾主義者們，先是從無產階級文化和文學的否定開頭，待到這成了事實的時候，便想試將這作爲「文學一般」的左翼。這是在新的條件上，用着新的手段的那一樣的淸算派底立場的繼續。我們已經進了無產者的文化底發達的新的階段了，在這里，單是無產階級文學的「承認」，已經不夠，所必要的，是承認在這文學上的主權的原則，爲勝利，爲克服一切種類的有產者及小有產者文學與其傾向的這文學的執拗的組織底鬪爭的原則了。

五

12 不獨在蘇維埃聯邦。全世界有產階級的文化和文學，現在都正在經驗着最大的危機，頹廢，腐敗。我們在這里有資本主義的危機，崩壞，和那歷史底運命的最好的證據。資本主義病到無法可想了，——有產階級文化的經濟底基礎，連根柢都被搖動着。

雖然當武裝底市民戰爭的終局後三年，在大大的物質底喪失的條件下，蘇維埃聯邦的無產階級文學，結成於單一的組織底團體之中了。無產階級作家第一同全聯邦大會，在單一的觀念形態底基礎上面，在強有力的單一底組織的周圍，統一了新的階級的一切文學底諸勢力。這在文壇成爲個人主義的理論和實踐的極端的表現者的那有產階級社會裏，是不可得見的事，也不能設想的事。蘇維埃聯邦的無產階級文學，是站在將來的發達的旗印之下的。這是依據着無產階級和農民的前衛底要素，首先——是農村青年的大衆底運動。無產階級文學的這顯著的成功，惟在蘇維埃聯邦的勤勞大衆的急速的政治底經濟底成長的基礎上，這纔可能。

蘇維埃聯邦的無產階級文學，將惟一的目的——爲世界無產階級的勝利盡力，和無產階級獨裁的一切敵手血戰，揭在自己之前。無產階級文學是將要克服有產階級文學的，因爲無產階級獨裁，必然底地會將資本主義絕滅。

關於文藝領域上的黨的政策

俄羅斯共產黨中央委員會的決議

（一九二五年七月一日，『眞理報』所載）

1　最近時的大衆的物質底狀態的向上，和由革命而遂行了的智底變革，大衆的自發性的增大，眼界的巨大的擴張，等，等相關聯，創出了文化底期待和要求的大大的發達了。我們是已經這樣地，將脚跨進了作爲向着共產主義社會的今後的進展的前提條件的，那文化革命的圈裏面。

2　成爲這大衆底文化底發達的一部者，是新的文學——首先，是從那萌芽底的，而同時又包含着未曾有地廣大的範圍的形態（勞動通信，農村通信，壁報，其他），到那觀念形態底地被意識了的文藝作品的無產階級和農民文學的發達。

3　在別一面，則經濟過程的複雜性，矛盾而甚至于互相敵對的經濟形態的同時底發達，由這發展所引起的新資產階級的誕生和成長，新舊智識階級的一部分向着他們的不可避底的——雖然最初未必一定是意識底的——結合，這資產階級的更由新的觀念形態底代言者的社會深處的化學底分出，——這些一切，是不可避底地，必須也在社會生活的文學底表面出現的。

4　這樣子，恰如在我國裏，階級鬬爭一般的還未終熄一樣，這在文藝的領域上，也還未終熄。在階級社會裏，中立底藝術，是不會有的，——誠然，一般地，則藝術，部分底地，則文學的階級底性質，例如較之在政治上，能以無限地複雜的形態來表現的，雖然也是事實。

5 但是，將我們的社會生活的基本底事實，即由于勞動階級的政權獲得的事實，在這國度的無產階級獨裁的現存，置之不顧，是絕對地不可的。

倘若在政權獲得以前，無產黨激成階級鬥爭，建立了全社會的推翻這方針，則在無產階級獨裁期中，站在無產階級的黨的面前的問題，——是怎樣地和農民共住，于是逐漸教育他們；怎樣地容許和資產階級的或一程度的合作，于是逐漸壓下他們；還有，怎樣地使技術底和一切別的智識階級去做革命的工作，怎樣地將他們觀念形態底地從資產階級奪了回來。

這樣子，階級鬬爭雖然還未終熄，但那是變了形態的。蓋無產階級在政權獲得以前，雖向着這社會的推翻而努力，但一到自己的獨裁的時期，是將「平和底組織作業」推上到第一的計畫的。

6　無產階級必須擁護自己的指導底位置，使之堅固，還要加以擴張，在觀念形態戰線上的許多新的參與者之間，也占得和那些相應的位置。向着全然新的領域（生物學，心理學，一般地自然科學）的辯證法底唯物論的前進的過程，已經開始了！在文藝的領域上的這位置的獲得，也應該和這一樣，早晚成爲事實而出現。

7　但是，不可忘記，惟這課題，是較之由無產階級所解決的別的課題，無限地複雜的。蓋勞動階級在資本主義社會的領域內，已經有可得勝利的革命的準備，做成鬪士和指導者的一團，而造出政治鬪爭的優勝的觀念形態底武器了。但他于自然科學上的問題，技術上的問題，都還未能出手；又，作爲文化底地受了壓迫的階級，他也不能造出自己的文藝，自己獨特的藝術底形式，自己的樣式來。縱使在無產階級的手中，現在已經有任意的文學底作品的對於社會底政治底內容的無誤的規準，但他對于藝術底形式的一切問題，却沒有和這相同的決定底回答的。

8　在文藝的領域上的無產階級的指導者的政策，應該由上述的事而決定。在這里，首先第一，是和下列的諸問題相關聯的——無產者作家，農民作家，以及所謂「同路人」和別的作家之間的相互關係；黨的對於無產者作家的政策；批評的問題；關於藝術底作品的樣式和形式，以及新的藝術底形式確立的方法的問題；最後，是組織底性質的諸問題。

9　因其社會底階級底或社會底集團底內容而不同的作家的集團之間的相互關係，由我黨的一般底政策而規定。但在這里，不可忘却的，是文學領域上的指導者的位置，也和那一切物質底，觀念形態底富源一同，屬于作爲全體的勞動階級。無產階級作家的霸權，現在還未曾確立，黨應該加援助于這些作家。自己造出進向這霸權的歷史底權利來。農民作家應該以友情底待遇被迎迓，而且受我們的無條件底支持。我們的課題，是在將他們的正在成長的一團，導入于無產階級觀念形態的軌道。但是，這之際，決不可從他們的創作中，絕滅那爲影響于農民起見，在所必要的前提條件的，農民底文藝底形象。

10　對于和「同路人」的關係，有計及下列的事的必要：（一）他們的分化：（二）作爲有文學底技術的資格的「專門家」的他們之中的許多東西的意義；（三）在作家的這一層之間的動搖的現存。一般底指令。在這里。應該是對於他們的戰術底的十分注意的關係，換了話說，就是，保證他們可以竭力從速移到共產主義底觀念形態那面去的一切條件那樣的態度的指令。黨一面雖在將反無產階級底，反革命底要素（現在是極少了）絕滅，和「斯美那·惠夫」(1)底的「同路人」之間正在形成的新的有產階級的觀念形態鬪爭，但對于中間底的觀念形態的狀況，却應該堅忍地，竭力將這些難免很多的狀況，在和共產主義的文化底要素的愈加親密的同志的協同的過程中，逐漸除掉，而寬容地和這相周旋。

(1)姑且先承認蘇維埃政權，而觀念形態底地，要使牠變質起來的智識階級的一團。——譯者。

11　對於和無產階級作家的關係，黨應該取下列的立場，——就是，雖以一切方法助他們的成長，盡力支持他們和他們的組織，但黨還應該以一切手段，來豫防在他們之間最是破滅底現象的那自負的出現。黨正因爲在他們之中，以爲有將來的蘇維埃文學的觀念底指導者，所以對於他們的對舊的化文底遺產和藝術底言語的專門家的輕率的侮蔑底態度，有用一切手段來鬬爭的必要。和這一樣，對于爲了無產階級作家的觀念底霸權的鬬爭的重要性，評價不足似的立場，也應該批判。在一面，和無條件降伏的鬬爭，在別一面，和自負的鬬爭，——這應該是黨的標語。黨對於純溫室底的「無產階級」文學的嘗試，也有鬬爭的必要。在那一切複雜性上的現象的廣大的把握；不跼蹐于一個工廠的界限之內；並非基爾特文學，而是要成爲自己之後，帶着數百萬農民的，鬬爭着的偉大的階級的文學——凡這些，應該是無產階級文學的內容的界限。

12　由上所述，而作爲全體，則以當作在黨的手中的主要的教育底手段之一而出現的那批評的課題，便被決定。共產主義批評者，應該是一瞬也不出共產主義的立場，一步也不離無產階級觀念形態，解明着種種文學底作品的階級底意義，一面和文學上的反革命底顯現毫不寬容地鬭爭，將「斯美那•惠夫」底自由主義等等曝露，一面和無產階級一同進行，而對於可以和這一同進行的一切文學層，則顯出最大的節度，愼重，忍耐。共產主義批評，又必須從那常用上，排除文學上的命令的調子。只在這批評得了那觀念底卓越的時候，這纔獲得深的教育底意義的。馬克斯主義批評。應該將虛假，半文盲底的，而且沾沾自喜的自負，從自己的陣營裏驅逐。馬克斯主義批評有在自己之前，豎起

「學呀」這標語來，而於在自己的陣營內的一切廢紙和胡說，給以打擊的必要。

13 黨雖然正確地識別着文學底諸潮流的社會底階級底內容，但決不能作爲全體而和文學底形式的領域上的或一傾向相連結。黨雖然指導着作爲全體的文學，但不能支持或種一定的文學底分派（由於因着對於形式，樣式的見解的不同，而將這些分派加以資格的事）。這和作爲全體，黨是應該指導新生活的建設無疑，但由決議來規定關於家族的形式的諸問題，却極其少有的事，是正一樣的。一切問題，在要求這樣地設想，——適應時代的樣式，將被創造能，然而這是用了別的方法被創造的，而這問題的解法，則還沒有定。想在這方向上，藉着什麽和黨來連結的一切嘗試，在我國文化底發達的現階段上，應該加以否拒。

14　因此之故，黨不得不宣告在這領域上的一切各樣的團體和潮流的自由競爭。別的一切解決，是要成爲衙門底官僚底的虛僞的解決的罷。正和這一樣，也不能由法令或黨的決議，來許可對于或一集團或文學底團體的文學出版事業的合法底獨占。黨雖在物質底和精神底地，支持無產階級作家和無產農民作家，援助「同路人」，但卽使這在觀念底內容上，最爲無產階級底之際，也不能許可或一集團的獨占。這先就是絕滅無產階級文學的根的。

15　黨應該竭一切手段，排除對於文學之事的手製的，而且不懂事的行政上的妨害。黨爲了保證對於我們文學的眞是正當的，有益的，而且戰術底的指導起見，應該慮及那在職掌出版事務的各種官辦上，十分留心的人員的選擇。

16　黨應該向文藝的一切從業者，指示出正確地區別批評家和作家藝術家之間的職能的必要。在這最後者（作家藝術家），是有將自己的工作的重心，放在未來的意義上的文學作品之上，而利用現代的巨大的材料的必要的。又，于我們聯邦的許多共和國和州郡的民族文學的發展上，也必須加以特別的注意。

黨必須力說創造那供給眞實的大衆底讀者——勞動者和農民的讀者的文藝之必要，我們應該大膽地，决定底地打破文學上的貴族主義的偏見，利用着舊的技巧的一切技巧的一切技巧底到達，爲數百萬的人們所能理解那樣，創出相應的形式來。

惟在遂行了這偉大的課題的時候，而蘇維埃文學以及爲那未來的前衞的無產階級文學，這纔能夠完成那文化底歷史底使命。

附録

以理論爲中心的俄國無產階級文學發達史

岡澤秀虎

一　序

文學從作者(個人)和讀者(社會的集團)底相互關係而發生。沒有讀者的作者，是不會有的。文學是個人底產物，同時是社會底產物。是個人底意識底反映，同時是社會集團底意識底一形態。離開社會集團底意識而獨立的個人底意識，是不會有的。決定社會集團底意識者，是那社會底生活條件。因此，如革命似的這種社會生活上的一大變革，及大影響於文學，蓋是當然的吧。

一九一七年十月二十五日（陽歷十一月七日）的俄國大革命，就在俄國文學上起了劇烈的變化了。這革命覆滅了許多東西，又產生了許多東西。從來居於文壇底中心的文學者們底大部分，都背了革命而亡命了；這是最大的變動之一。並且這不是單單的表面的形式的的沒落。失去了自己底階級，自己底生活條件的他們，在內心上也斷絕了創造底路了。因此，就是留在國內的人（在政治上並不表示反革命的人），不能適應革命者，也漸次地滅亡下去了。在不同的社會條件之中，從來的文學不能走和從來同樣的走法，是當然的吧。但既成作家底滅亡，還決不就是資產階級文學底滅亡的意思；倒相反，在本質的文學上的資產階級文學底傳統，是今日也還繼續着的。但這是立在資產階級文學底傳統上的事，和革命一起地屈折着變形着過來的這些文學，與革命前的舊資產階級文學自是不同的。然而這種變形屈折，當然不是一朝所成的東西，乃是跟着革命後數年間底各社會階級底生活的條件（雖然革命在政治上是克服了資產階級與地主了，但在經濟上，意識形態上，他們是還存在着的。革命還不是無階級的時代，一時地反是更加激成着階級底對立爭鬥的。）底變化而起的。

和資產階級文學底這種變化一同，革命帶給文學的最重要的東西，是無產階級文學底可驚的勃興。

革命將無產階級推進到支配的地位，把創造底好條件給與他了。這結果便起來了不是自然發生的無產階級文學，但無產階級文學底運動是依然與時日一同地漸次地發達着去的。

關係這些變遷底過程，試行精細的年代紀的記述吧。

革命後至今日的俄國文學，在大體上將牠分爲三期，是很確當的。

第一期是從一九一七年革命直後至一九二一年的新經濟政策的時期。

第二期是從一九二二年至一九二五年的時期。這時期因爲新經濟政策底影響，和第一期的氣分非常不同。

第三期是從一九二五年七月『黨底文藝政策』底發表至今日爲止的時期。這時期，由文藝政策給與了到或一程度爲止的解決於第二期的論文，漸次地開始置重於創作了。

二　第一期

第一期是所謂『戰時共產主義』底時代。像單看戰時共產主義這言辭就可知道的一樣，在這時期。蘇聯底全社會是將牠底幾乎一切的力都注在政戰（指揮紅軍與反革命的諸勢力作戰）和經濟戰（因爲物質的窮乏，人們單單生存也就非費了他底精力底大部分不可）上的。因此，這時期的俄國文學是在混沌的狀態裏的。尤其革命直後的約半年間，因爲過於巨大的社會的變動的緣故，文學是一時地完全斷絕了。

然而文學隨卽再生着了。而且首先第一被印刷刊行的文學是無產階級文學，也沒有什麼奇異的吧。因爲革命是在一切方面都將最順利的條件給與無產階級了。

革命直後的無產階級文學，是作爲無產者文化協會(Prolet-Cult)底運動底一部分而產生的。俄國底無產者文化協會是AA波格達諾夫底長久間的理想，迎着革命底好機而實現了的東西。牠設立在一九一八年，而忽然間擴大到全俄國，那數目達到了三百以上。這運動底目的，不待說是要在文化（以意識形態底分野爲主）上也組織的地確保着無產階級底支配的地位。在這裏，無產者文化協會最先地將無產階級底文化的獨立的問題，資產階級文化底繼承問題，怎樣地對待非無產階級文化的問題——這些無產階級所直面着的最重大的文化問題，提出着，討論着了。

一九一八年九月十五日起至二十日止，無產者文化協會第一回全俄大會開在莫斯科了。在這會議上決下了下面的決議。

「爲了在社會的活動，鬥爭，建設上組織着自己底力起見，無產階級以自己底階級藝術爲必要」。

在這以前，無產者文化協會作爲運動底第一步，已經開始無產階級文學者底叢書底出版了。第一部出版的是收集着亞歷舍・茄斯曲斯底詩與散文的『勞動者底槌聲底詩』。

還有，從一九一八年七月起，有無產者文化協會底中央機關雜誌『無產階級文化』出版，接着有『鎔爐』（莫斯科），『未來』（列寧格勒）出現，並且各地的無產者文化協會都有着各自底機關雜誌了。初期的無產階級文學，便以這些雜誌爲中心，無論在作品上或理論上都行着醒目的運動了。

無產者文化協會恐怕是人類第一次所行的無產階級文學運動底母胎。在這裏就聚集着相應於擔負這種重任的秀傑的文藝理論家。那第一位是這運動底指導者A・A・波格達諾夫，在他周圍有福特爾，加理寧，保羅，培斯沙里珂，伐萊浪，巴浪斯基。他們都是作爲無產階級文藝理論家應該永久被記憶的人。

無產者文化協會底文學論，是從『爲了無產階級在第三線上得到勝利起見，則他自己的文學，卽無產階級文學是必要的』這見解出發的。而無產階級必需着自己底階級藝術者，是因爲這有着組織他底意識形態的力，因而在無產階級底目的達成上就有用處的緣故。

無產階級的意識形態是集團主義。所以無產階級文學是集團主義底藝術。說無產階級文學是集團主義底藝術的這話頭，是作者明快地規定了無產階級文學底根本特質的東西，成爲到今日爲止大家所承認的理論的。因此，第一次提倡了這見解，是無產者文化協會底不朽的功績；但無產者文化協會底文學論底特色，是在說無產階級文學一邊努力於集團主義底意識形態底組織，同時不可不常常意識着全人類的精神底樹立這目的，立志於這精神底成長的一點上。

在這裏，無產階級文學是通過集團主義，進向全人類的精神的東西，所以說道：不能有將那題材限制於集團的現象的事；並且更說道：無產階級文學必須將過去的人類文化所生產的全人類的文學攝取來給自己，做自己底成長底糧食。

如以上所說，無產者文化協會底文學論，是抽象的，原始的的。這是因爲在無產者文化協會活躍着的時代（一九一八年至一九二〇年），在無產階級之前，雖有政治的，經濟的現實，而藝術的現實却差不多沒有的緣故。

一九二〇年是將致命的的打擊給與以無產者文化協會爲中心的文學運動了。在這年，無產階級文學底最有才能最被期待着將來的理論家加理寧及培斯沙里珂，相繼死亡了。他們底太早的病沒，人們說是因爲他們底全部精力都捧獻給革命直後底不息不眠的活動了的緣故。

失去這有力的指導者的事成爲一部分的原因，以後無產階級文學運動底中心便移到同在一九二〇年組織成的無產階級作家團體『鍛冶廠』了。

『鍛冶廠』是文學史上最初的無產階級作家團體，在這裏聚集着初期的無產階級作家底全體（除出台明・培特尼）。

『鍛冶廠』一派的無產階級文學底特色，是在絕叫的地歌唱熱情和興奮。革命底世界的意義，解放底熱情，是抽象地以宇宙的大規模被歌唱着的。這因爲在革命底混亂之中，沒有具體地描寫細敍的閑暇。『鍛冶廠』一派底文學觀，是載在這雜誌第一號上的宣言，和這年五月十日的全俄無產階級作家會議（從二十五個都市集來有五十八）底決議；但這與無產者文化協會底理論有頗大的距離。就是，無產者文化協會是置重於文學底內容，而反之『鍛冶廠』是苦心着形式的方面。是理論家與作家的不同。

三　第二期

一九二一年三月所布告，從六月起開始實施的新經濟政策，是蘇俄社會生活上的一大轉換。因此這在文壇也起了變化。

新經濟政策把蘇俄的社會從物質的窮乏裏救出了。那結果蘇俄底文壇能夠開始定期刊行和革命前同樣的大册的雜誌。就是，從這年的六月起，『印刷與革命』及『赤色新地』的二大雜誌同時地開始發行了。兩者都是國立出版所發行，前者是盧那卡爾斯基編輯，後者是瓦浪斯基編輯，繼續到今日。

大雜誌底誕生為機緣，革命後一時沈滯了的俄國文學便重新進了發展底時期。然而這文學發展底物質的好機，在精神上是立脚於質素的，着實的寫實主義底精神上的時期（新經濟政策是寫實主義之政治的經濟的表現）。因此這裏所要求的文學是現實的客觀的的寫實主義底文學。最相應於寫實主義底文學的形式當然是散文。從這種理由；蘇俄的文學便開始求着使知道自己底現實的作品，以及想卽着現實而進到確實的傾向。然而從來在革命成功底歡喜和理想底高唱裏燃燒着，過於相信自己底力，好像卽刻就會成就那樣地期待着世界革命的詩人們（「鍛冶廠」一派）；是和新經濟政策底到來一起受着劇烈的精神上的打擊，不容易轉向到寫實主義底精神的。

這時候，親身體驗了國內戰爭當時的現實，雖未必是共產主義者，然而也不是反蘇維埃的智識階級份子，開始描寫他們底體驗了。他們因爲第一次將新的時代和新的人們具體地顯示給蘇維埃的公衆的緣故，受了非常的歡迎了，但受歡迎還有一個原因，就是受了舊文化底惠澤的他們底藝術的天分，是在從來的無產階級作家裏不能見到的那般秀傑的。關於他們，託羅茲基如下地寫着。

『他們底文學的及一般的外觀，是由革命所創造的東西。而他們是全都各各自己流地接受着革命的。但在這些個人的受納之中，有着亘及他們一切共通的特底質。這便是將他們從共產主義劃然地區別出來，像反對牠似地常常威脅着他們的那特質。他們沒有整個地把握着革命。在這裏，革命底共產主義的目的，在他們是不可解的。他們全都多少有點具有越過勞動者底頭，具着希望來看農民的傾向。他們不是無產階級革命底藝術家，而是革命底藝術的同路人』。這實在是適當的評語。以後他們便被稱爲同路人了。

二大雜誌，尤其『赤色新地』，喜歡將雜誌底篇幅提供給他們。因此同路人便一躍在蘇維埃文壇上占着支配的地位了。從那文學的才能之點說來，他們相稱於這位地。然而從那意識上說來，則在無產階級獨裁的蘇俄，也許可以說他們占這地位是不相稱的，就是，因爲同路人是反映着只政治的地承認着革命的那小資產階級（尤其農民）底意識的。但這是在無產階級文學未發達的時期裏不得已的事。

同路人底文學成爲從昨日的文學往明日的文學去的橋。在他們底文學之中沒有和過去的傳統的衝突，同時也早已沒有傳統的支配。這樣，他們從他們底全盛期的一九二一年至一九二五年頃爲止，曾呈示了多種多樣的色彩，但其後和蘇俄社會內的階級的文化底進展一同，起來左右的分離，畢力涅克，葉遂寧暴露了反革命的本性，而來阿諾夫，賽甫林娜，伊凡諾夫，雅各武萊夫，斐甸，巴培黎等的秀傑的作家却漸次地和無產階級的意識形態相和解了。在這意思上，來阿諾夫底，「獾」，賽甫林娜底「維利納亞」，斐甸底「都市與年」，伊凡諾夫底「哈蒲」，巴培黎底「騎兵隊」，是可注意的作品。

同路人一躍而在文壇上占了壓倒的勢力（這是因爲同路人底作品是最豐富並且最秀傑，所以是實質的的，但這當然，卽在形式上也有他們獨占着大雜誌的文藝欄之觀。），這將一個非常的衝動給與無產階級文學運動了。無產階級文學運動應着這種形勢，不得不將陣容改正而重建了。但新陣容並非由從來的『鍛冶廠』一派，而是由新人底力所成的。

和新經濟政策底到來一同，從來將他們的全力傾注於軍事的政治的戰線的共產黨員，就開始將他們底力向於文化戰線了。這結果，在一九二二年的初頭，有二個新的無產階級文學團體產生。其一是以青年共產黨中央委員會爲土台的『青年親衛隊』，另一個是報紙『勞動者的莫斯科』爲基礎的『勞動者之春』。

然而在這些新始出現到文壇的共產黨員之前，有着非無產階級作家底壓倒的優勢，和不能把握新階級（新經濟政策）底意義的目不忍睹的友軍（「鍛冶廠」）底姿態。這是不許他們默認的形勢。這結果，爲對抗這形勢起見，他們便於一九二二年十二月七日在『青年親衛隊』底編輯室聚會，組織了新團體『十月』了。

在這團體裏，有脫出『鍛冶廠』的羅陀夫，瑪里式金，達拉戎伊欽珂，『青年親衛隊』底同人，阿爾忒謨，維勖路伊，培賽勉斯基，查洛夫，盧平，考慈涅錯夫，『勞動者底春』的同人，梭科洛夫，伊慈巴夫，陀羅寧，此外里白進斯基，烈烈維支，及坦拉梭夫，洛左諾夫參加着。這設立底趣旨，很明白地表現在以同日的日子他們送給『伊慈維斯察』報紙的下面的信上。這信是揭載在十二月十二日的『伊慈維斯察』報上的。

『無產階級作家團體「鍛冶廠」，據我們底確信，最近是變成爲具有和無產階級底文化戰野上的鬥爭底展開所生出的諸問題離隔很遠的興味的人底封鎖的小團體了。

「我們一邊相信在這種狀態裏的「鍛冶廠」成爲阻害着無產階級文學底新鮮的新興勢力底發達的機關，一邊以在無產階級文學上確立共產黨底方針，和設立全俄及莫斯科無產階級作家組合爲緊急的目的，而組織着無產階級作家團體「十月」。」

爲了這目的底實現，從一九二三年三月十五日起至十七日止，開了無產階級作家第一回莫斯科會議。在這會議上，基里洛夫代表着『鍛冶廠』，攜帶着自己一派的宣言書來出席。其他有七十四個作家聚集着，其中類別是勞動者三十七人，智識階級份子二十五人，農民十人，而裏邊五十八人是共產黨員。

在這席上組織了『莫斯科無產階級作家協會』（墨普），（『鍛冶廠』沒有加入，）而且羅陀夫底報告被採用爲『十月』團體底綱領。這綱領雖以羅陀夫底名字發表，但其實是由這派底四五個批評家（烈烈維支等）合作而成的。

而且像下面似的事實所呈示的一樣，這是在俄國無產階級文藝理論中最重要的東西。就是，這綱領不但單單由「十月」一派所採用，即在一九二五年五月全聯邦無產階級作家協會底擴大執行議會上也當作綱領。這一事如借用烈烈維支底說明，則『並非意味將一切無產階級文藝作品引導到兵營的單調，而是指示出自由的必然的創造的欲求，也是一定的意識形態的見解的東西，也是以根本的見解之一致而發達着』的。在這綱領裏包含着無產階級底支配權獲得底必要，作品底內容及形式底問題，對於同時代的非無產階級文學的關係的問題等一切。

四 「十月」底綱領

一 從階級的社會向無產階級底社會，即共產主義的社會的過渡期的社會主義革命的時代，已以由蘇維埃的組織而建立無產階級獨裁於俄國的十月革命開端了。惟無產階級底獨裁，這纔能使無產階級爲一切關係的統率者，改革者。

二　無產階級在階級鬥爭的經過之間，在經濟和政治方面，已能形成了革命的馬克思主義的思想，但在別方面，卻未能從各種支配階級的亙幾世紀以來的思想上的影響和感化，完全解放出來。終結了內亂，而在深入經濟戰線上的鬥爭的過程中的今日，文化戰線是被促進了。這戰線，從實行新經濟政策的事情看來，更從資產階級的意識形態的侵入的事實看來，都尤其重要。和這戰線的前進一同，在無產階級之前，作爲開頭第一個問題而起者，是建設自己的階級文化這問題。於是也就起了對於感動大衆之力，作爲加以深的影響的強有力的手段的建設自己的文學的問題。

三　作爲運動的無產階級文學，以十月革命的結果，初始具備了那出現和發達上所必要的條件了。然而俄國無產階級在教養上的落後，資產階級的意識形態的亘幾世紀的壓迫，革命前的最近數十年間的俄國文學的頹廢的傾向——這都聚集起來，不但將資產階級文學底影響，給與無產階級文學底創造而已，這影響至今尙且相繼，而且形成着將來能涉及的事情。不但這樣，對於無產階級文學底創造，連那理想主義的的小資產階級革命思想底影響，也還不能不發現。這影響之所由來，是出於作爲問題，陳列在俄國無產階級之前的那資產階級的民主的革命不曾成就這一種事情的。爲了這樣的事情，無產階級文學便直到今日，在意識形態方面，在形式方面，都不得不帶兼收而又無涉的性質，至今也還常常帶着的。

四　然而，在依據經濟政策底方法於一切方面都開始了根基於一定計劃的社會主義的建設的同時，又在布爾塞維克改爲不再用先前的煽動，而試行在無產階級大衆之間，加以有條理的深的宣傳的同時，在無產階級文學方面，便也發生了設立一定的秩序的必要了。

五　以上文所述的一切考察爲本，無產階級文學的團體『十月』，便作爲由辯證的唯物論的世界觀所一貫的無產階級前衛的一部分，努力於設立這樣的秩序。而且以那成就，無論在思想上，在形式上，惟獨靠了製作單一的藝術上的綱領，這纔可能。那綱領，則應該作爲無產階級文學的將來的發達的基礎而有用。

因爲以爲這樣的綱領，是在實際的創作與思想戰線上的鬪爭的過程中成爲究極之形的東西的緣故，團體『十月』在那結束的最初，作爲自己的行動的基礎，立定了如下的出發點。

六　在階級的社會裏，文學也如別的東西一樣，是應着一定的階級的要求，只有通過階級，纔應着全人類的要求。故無產階級文學云者，是將勞動者階級以及廣泛地從事於勞動的大衆的心理和意識，加以統一和組織，而使向往於作爲世界底改築者，共產主義社會底造就者的無產階級的究極的要求的文學。

七　在擴張無產階級的權力，使之強固，挨共產主義社會去的過程中，無產階級文學不但深深地保持着階級的特色，僅將勞動者階級底心理和意識加以統一和組織而已，還更將影響愈益及於社會底別的階級部面，由此從資產階級文學底脚下，奪了最後的立場。

八　無產階級文學是和資產階級文學對蹠的地相對立着的。已經和自己底階級一同決定了運命的資產階級文學，是藉着從人生的游離，神祕，爲藝術的藝術，乃至以形式爲目的的形式，及逃往這些東西裏去的隱遯等，努力於陰晦着自己的存在。無產階級文學便與此相反，在創作底基本上，……放下馬克思派的世界觀，作爲創作的材料，則採用無產階級自爲製作者的現在的現實，或那在過去的無產階級底生活和鬬爭底革命的浪漫主義，或在將來的豫期上的無產階級底征服。

九　跟着和無產階級文學底社會的意義的伸長，在無產階級文學之前，便發生了一個問題，那就是大概取主題於無產階級生活，而將這大加展開的紀念碑的的大作底創造。無產階級文學者底團體『十月』以爲須在和支配了無產階級文學底最近五年間的抒情詩相並，在那根本上樹立了對於創作底材料的敍事詩的戲劇的態度的時候，纔能夠滿足上述的要求。和這相伴，作品底形式也將極廣博地，簡素地，而且將那藝術上的手段也用得最爲節約起來吧。

十　團體『十月』確認以內容爲主。無產階級文學作品底內容，自然給與言語底材料，暗示以形式。內容和形式，是辯證法的對立，內容是決定形式的，內容經由形式，而藝術的地成爲形象。

十一　在過渡時代的階級鬬爭底形式底繁多，卽要求無產階級文學者應該取繁多的主題而創作。於是將歷史上前時代的文學所作的詩文底形式和運用法，從一切方面來利用的事，便成爲必要了。所以我們的團體，不取醉心於或一形式的辦法。也不取先前區分資產階級文學底諸流派那樣，專憑形式的特徵的區分法。這樣的區分法，原是將理想主義和形而上學，搬到文學創作底過程裏去的。

十二　團體『十月』考察了文學上頹廢的傾向的諸派，將那有支配力的階級達到歷史底高潮時候所作的原是統一的藝術上的形式，分解其構成分子，一直破碎爲細微的部分，而尙將那構成分子中的若干，看作自立的原理的事情；又考察了這些頹廢的的諸派，對於無產階級文學的影響的事實，更考察了無產階級文學蒙了影響的危險，故作爲主義，對於

（A）將創作上形式，以自己任意的散漫的繪畫的的裝飾似地，頹廢的地來設想的事（想像主義），作爲主義而加以排斥，而贊成那依從具有社會上必然性的內容，通貫作品的全體，以展布開來的單一的首尾一貫的動的的形象。又對於

（B）重視言語之律，似乎便是目的，那結果，藝術家常常躲在並無社會的意識的純是言語之業的世界裏，而終至於主張以這爲眞的藝術作品（未來主義）者，加以排斥，而贊成那作品底內容，在單一的首尾一貫的形象中發展開來，和這一同，組織的地被展開的首尾一貫的律。而且又對於

（C）將發生於資產階級的衰退時代，而成長於不健全的神祕思想底根本上的影響，拜物狂的地加以尊重的傾向（象徵主義），加以排斥，而贊成那作品底影響的方面和作品底形象與律底組織的渾融。

惟將作品作爲全體，在那具體的意義上看，又在那照着正當的法則的發達的過程上看，這纔能夠達到以歷史的意義而達到最高的藝術的綜合。

十三　這樣子，我們的團體之作爲問題者，並非將那存在於資產階級文學中，由此漸漸挑選，運入無產階級文學來的各種形式，加以洗煉，乃在造出新的原理和新的形式的型範來，而加以表現。這是憑着將來的文學上的形式，在實際上據爲己有，而將這些用了新的無產階級的內容來改作的方法的，這也憑着將過去的豐富的經驗和無產階級文學的作品，批評的地加以考察的方法的。而作爲結果，則必當造出無產階級文學的新的綜合的的形式來。

五　『立在前哨』與『烈夫』的論爭和『域普』底結成

這論旨，一看就分明，乃是無產者文化協會底理論底返覆。只是牠是向着具體的的現實底對象了。這樣，『十月』一派便作爲自己底機關雜誌從一九二三年六月起開始發行了『立在前哨』（『那巴斯圖』）。依據『立在前哨』，羅陀夫，烈烈維支，瓦進，茵格洛夫及其他的論客，一齊拿着筆非難着『鍛冶廠』，更對『同路人』及『烈夫』加以激烈的攻擊。這時候他們立論，非藉政策來政治的地施行這些各派底克服不可。在這裏有着他們底根本的的謬誤。這是和無產者文化協會底理論完全相反的。然而『立在前哨』底論戰是驚人的。這雜誌差不多只登理論。（作品載在『青年親衞隊』或『勞動者之春』上，以及單獨地刊行）。

在作品上，這派也呈示了優秀的活動，應着新經濟政策底精神，代替從來的『鍛冶廠』底抒情詩，有堅實的敍事詩出現了。他們相應於不是革命底『祭日』，而是革命底『普通日』底描寫，（培賽勉斯基底『青年共產黨員』，是在這意思上最可注意的作品）。但這件事當然不是說『鍛冶廠』底詩作底無價値的意思。各各都是各各底時代底必然的必要的產物。

在散文的方面，也有不劣於『同路人』的人材出現。他們也同樣地描寫革命底現實，然而那是以前衛底眼看的革命底現實。在這裏就有絕對的的優勢。在這方面，綏拉菲摩維奇底『鐵之流』，里白進斯基底『一週間』，革拉特珂夫底『水門汀』，孚爾瑪諾夫底『却巴耶夫』，瑪里式金底『達尼爾底沒落』，法兌耶夫底『潰滅』等，是應該注意的作品。

呼應着『十月』派底攻擊，爲了同路人而力說着他們底偉大的社會的意義者，是託羅茲基和瓦浪斯基。尤其作爲『赤色新地』底編輯者直接看見了『十月』一派底煩厭的瓦浪斯基，是立在『十月』底陣前大大地奮戰着的。這兩派底論戰是蘇聯文藝批評史上最可注意的東西，在這裏提出了許多重要的文藝問題。做同路人擁護底理論之根柢者，是託羅茲基底無產階級文化否定論。然而他們總之是無產階級所產生的文學（他們稱這種爲革命文學）底熱心的同情者。只是不做像『立在前哨』一派那樣極端的支持罷了。公平地看來，他們底理論呈示着比『立在前哨』一派底理論更深刻得多的文藝本身（文藝底特殊性）底理解。

『烈夫』也從獨特的立場，向『立在前哨』應戰。『烈夫』（藝術左翼戰線）是未來派底應着新經濟政策的變形。一九二三年三月，舊未來派的同人爲主要份子而結成『藝術左翼戰線』，開始發行機關雜誌『烈夫』。

在『烈夫』底創刊號上，題爲『課目』，載着三篇宣言和一篇詳述此派的藝術論的睹莎克底長論文『在生活建設底旗下』。那要點如下。

『烈夫』將依據共產主義的理想而煽動着藝術。

『烈夫』將和舊的資產階級文學（生活破壞的文學）相戰，而產生生活建設的文學。

『烈夫』將不像只重視着思想的最左翼派（「立在前哨」）似地由多數決來解決藝術底諸問題，而要由工作來解決牠。

然而像已經說過的一樣，『烈夫』的前身『未來派』是作爲資產階級文學底傳統之文學的否定者破壞者而產生的東西。因此，生活意識的地否定着資產階級文學，甚至將這取進到藝術底內容裏來爲這種事，事實上在他們是很困難的。在這點上，他們到底不及無產階級文學底理論。然而在形式的範圍內，他們是比什麽人更過激地破壞着過去的傳統的。他們想使藝術底形式和生產底形式放在一起。在這裏。他們不但單單進到文學的方面，甚至進到繪畫，音樂，工業的方面的。在這點上，他們是和構成主義相一致。因此，這派底作品和新經濟政策一同，一時雖顯出寫實的散文的傾向，其後却漸次地成爲構成的的了。而且和同路人底文學是農村的的比較，他們是顯明都會的的。卽在最近，年青的蘇聯的智識階級份子，也大抵呈示着這傾向。『烈夫』底藝術理論是作爲現代的藝術理論最可注目者之一。

對於『立在前哨』底攻擊，『鍛冶廠』也曾應戰。那第一顆子彈是在前記的無產階級作家第一回莫斯科會議上所朗讀的宣言。這是在一九二三年的『眞理』報第一八六號上公佈的。然而這宣言含着許多矛盾。忽視着從來的他們底藝術的氣分，單單發着爲了理論的對抗的大言壯語。但卽使無論怎樣地想使理論上無矛盾，他們底藝術的氣分總已經成爲過去的東西了。在這裏，像茵格洛夫在『立在前哨』底創刊號上所指摘着的一樣，作爲傾向的『鍛冶廠』是已經滅亡了的。那結果，『鍛冶廠』常常起了分裂。然而天才詩人凱進爲中心，爲了挽回頹勢起見，從一九二四年的六月開始發行了『勞動者的雜誌』。在『十月』底創刊號上，烈烈維支論着『無產階級文學底路』，給了致命的打擊於『鍛冶廠』了。

如上文所說，第二期是『立在前哨』所捲起的批評的時代，論爭的時代。這論爭底激烈示人以政治的意義底重大，使俄國共產黨底注意向着文藝界了（在這點上有着『立在前哨』底大的功績。）這結果，爲了決定對於文藝的黨的政策起見，一九二四年五月九日由蘇聯共產黨中央委員會印刷部底招集，開了討論會。在這討論會上有三個不同的立場。

第一是託羅茲基及瓦浪斯基底立場，施行同路人及『烈夫』（即資產階級文化底傳統）底擁護，反對『立在前哨』底無產階級文學運動想以政策來壓倒他們的辦法。

第二是『立在前哨』一派底立場，叫着無產階級文學底支配權獲得的必要。然而這之際，是要求藉政策來確立支配權，即共產黨直接干涉文學的。

第三是布哈林及盧那卡爾斯基底立場，這是前二者的理論之折衷。

像這樣地，分爲三派而不見解決，黨底政策沒有卽刻決定。

這其間無產階級文學運動底陣容，依據『十月』一派底活躍，造成全國的戰線統一，在一九二五年一月成立了全聯邦無產階級作家協會。在其第一回大會上，採用了瓦進底報告『意識形態戰線與文學』當作決議。這決議非難着託羅茲基及瓦浪斯基的立場，竭力想實現自己一派底主張。

然而一九二五年七月一日所發表的共產黨中央委員會底決議『在文藝領域內的黨底政策』，却否定了他們底主張（但是爲無產階級文化協會以來的理論的支配權要求，是承認爲正當的）。

這文藝政策使從來的論爭告了一段落。同時在文壇上也生出新的氣運來了。

六　第三期

黨底政策將無產階級文學運動引導到新的方向。舊的『立在前哨』停刊，而發行新的雜誌『立在文學底前哨』。加上『文學底』這個字是大有意義的。這雜誌以實現由文藝政策所指示的方針爲目的。在一九二六年三月所發行的這雜誌底創刊號上，由編輯者（阿衞巴赫，伏玲，里白進斯基，阿里閔斯基，拉斯珂里尼珂夫）的名，否定着從來『立在前哨』的指導理論，像下面似地說道。

『注意底焦點不可不移到創作底方面。獨習和創作和自己批判成爲無產階級作家底根本標語』。

由這路，他們開始努力着想實現無產階級底文化的獨立。然而不肯拋棄從來『立在前哨』底立場的瓦進，烈烈維支，羅陀夫三人，却退出『域普』（全聯邦無產階級作家協會），從大衆離去了。

『立在文學底前哨』底理論，是無產階級文學運動底最後的理論，因此是最近的理論。而且在這雜誌出現的一九二六年，無產階級文學運動底陣營早已聚集着不劣於別的任何派的許多天才了，因此在作品底競爭上，也已有着足以在蘇聯文壇上獲得支配權的實力了。

一方面，那承繼着資產階級文學（資產階級文學底根本精神，是和無產階級文學底根本精神同樣地以產生理想社會爲必要的）底傳統的『同路人』底文學，也已經在無產階級社會生活中經過十年，受着牠底當然的影響，漸次地開始和無產階級的意識形態相融和了。這傾向顯著地使無產階級文學和其他的文學相接起來。這結果，爲了更加強地實行在革命期的文學者底共同任務，保證着共通利益起見，到了一九二七年便有『蘇維埃作家總聯合』組織起來了。從來的一切團體（全聯邦無產階級作家協會，全俄農民作家同盟，『烈夫』及其他）都參加這聯合。

這尚是聯合，不是合同，所以各個的團體還照原來的樣子存留着的，但這相當強固的聯合機關底組織，却向着革命底目的完成，使文學底偉力比從來更擴大。

但在這文學的努力底中心，無產階級文學已經質量二方面都想握支配權的。

這是最近的形勢。

後記

這一部書，是用日本外村史郎和藏原惟人所輯譯的本子爲底本，從前年（一九二八年）五月間開手翻譯，陸續登在月刊『奔流』上面的。在那第一本的『編校後記』上，曾經寫着下文那樣的一些話——

「俄國的關於文藝的爭執，曾有「蘇俄的文藝論戰」介紹過，這里的「蘇俄的文藝政策」，實在可以看作那一部書的續編。如果看過前一書，則看起這篇來便更爲明瞭。序文上雖說立場有三派的不同，然而約減起來，也不過兩派。即對於階級文藝，一派偏重文藝，如瓦浪斯基等，一派偏重階級，是「那巴斯圖」的人們；布哈林們自然也主張支持無產階級作家的，但又以爲最要緊的是要有創作。發言的人們之中，好幾個是委員，如瓦浪斯基，布哈林，雅各武萊夫，託羅茲基，盧那卡爾斯基等；也有「鍛冶廠」一派，如普列忒內夫；最多的是「那巴斯圖」的人們，如瓦進，烈烈威支，阿衛巴赫，羅陀夫，培賽勉斯基等，譯載在「蘇俄的文藝論戰」裏的一篇「文學與藝術」後面，都有署名在那里。

『「那巴斯圖」派的攻擊，幾乎集中於一個瓦浪斯基——「赤色新地」的編輯者。對於他所作的「作爲生活認識的藝術」，烈烈威支曾有一篇「作爲生活組織的藝術」，引用布哈林的定義，以藝術爲「感情的普遍化」的方法，並指摘瓦浪斯基的藝術論，乃是超階級底的。這意思在評議會的論爭上也可見。但到後來，藏原惟人在「現代俄羅斯的批評文學」中說，他們兩人之間的立場似乎有些接近了，瓦浪斯基承認了藝術的階級性之重要，烈烈威支的攻擊也較先前稍爲和緩了。現在是託羅茲基，拉迪克都已放逐，瓦浪斯基大約也退職，狀況也許又很不同了罷。

「從這記錄中，可以看見在勞動階級文學的大本營的俄國的文學的理論和實際，於現在的中國，恐怕是不爲無益的；其中有幾個空字，是原譯本如此，因無別國譯本，不敢妄補，倘有備有原書，通函見教或指正其錯誤的，必當隨時補正」。

但直到現在，首尾三年，終於未曾得到一封這樣的信札，所以其中的缺憾，還是和先前一模一樣。反之，對於譯者本身的笑罵却頗不少的，至今未絕。我曾在『「硬譯」與「文學的階級性」』中提到一點大略，登在『萌芽』第三本上，現在就摘抄幾段在下面——

「從前年以來，對於我個人的攻擊是多極了，每一種刊物上，大抵總要看見「魯迅」的名字，而作者的口吻，則粗粗一看，大抵好像革命文學家。但我看了幾篇，竟逐漸覺得廢話太多了，解剖刀既不中腠理，子彈所擊之處，也不是致命傷。……於是我想，可供參考的這樣的理論，是太少了，所以大家有些胡塗。對於敵人，解剖，咬嚼，現在是在所不免的，不過有一本解剖學，有一本烹飪法，依法辦理，則構造味道，總還可以較爲淸楚，有味。人往往以神話中的Prometheus 比革命者，以爲竊火給人，雖遭天帝之虐待不悔，其博大堅忍正相同。但我從別國裏竊得火來，本意却在煮自己的肉的，以爲倘能味道較好，庶幾在咬嚼者那一面也得到較多的好處，我也較不枉費了身軀：出發點全是個人主義。並且還夾雜着小市民性的奢華，以及慢慢地摸出解剖刀來，反而刺進解剖者的心臟裏去的「報復」。……而，我也願意於社會上有些用處，看客所見的結果仍是火和光。這樣，首先開手的就是「文藝政策」，因爲其中含有各派的議論。

「鄭伯奇先生……便在所編的「文藝生活」上，笑我的翻譯這書，是不甘沒落，而可惜被別人著了先鞭。翻一本書便會浮起，做革命文學家眞太容易了，我並不這樣想。有一種小報，則說我的譯「藝術論」是「投降」。是的，投降的事，爲世上所常有，但其時成仿吾元帥早已爬出日本的溫泉，住進巴黎的旅館，在這里又向誰輸誠呢。今年，諡法又兩樣了，……說是「方向轉換」。我看見日本的有些雜誌中，曾將這四字加在先前的新感覺派片岡鐵兵上，算是一個好名詞。其實，這些紛紜之談，也還是只看名目，連想也不肯一想的老病。譯一本關於無產階級文學的書，是不足以證明方向的，倘有曲譯，倒反足以爲害。我的譯書，就也要獻給這些速斷的無產文學批評家，因爲他們是有不貪「爽快」，耐苦來研究這種理論的義務的。

『但我自信並無故意的曲譯，打着我所不佩服的批評家的傷處了的時候我就一笑，打着我自己的傷處了的時候我就忍疼，却決不有所增減，這也是始終「硬譯」的一個原因。自然，世間總會有較好的翻譯者，能夠譯成既不曲，也不「硬」或「死」的文章的，那時我的譯本當然就被陶汰，我就只要來塡這從「未有」到「較好」的空間罷了』。

因爲至今還沒有更新的譯本出現，所以我仍然整理舊稿，印成書籍模樣，想延續他多少時候的生存。但較之初稿，自信是更少缺點了。第一，雪峯當編定時，曾給我對比原譯，訂正了幾個錯誤；第二，他又將所譯岡澤秀虎的『以理論爲中心的俄國無產階級文學發達史』附在卷末，並將有些字面改從我的譯例，使總覽之後，於這『文藝政策』的來源去脈，更得分明。這兩點，至少是値得特行聲敍的。

一九三〇年四月十二之夜，魯迅記於滬北小閣。

一九三〇年六月初版

1——1500

科學的藝術論叢書13

文藝政策

魯迅

實價八角

者　藏原・外村

者　魯　　迅

出版者　水沫書店

發行所　上海北四川路公益坊內水沫書店